台湾現代詩集

Contemporary Poets of Taiwan

林水福・是永駿＝編◉是永駿・上田哲二＝訳

国書刊行会

序

林　水福

台湾と日本は、被植民と植民という過去を有し、また距離的にも近く往来が頻繁であることから、互いの理解は十分に行われかつ深いものであるはずだが、実際はそうではない。

日本の大衆文化、流行文化は大量に台湾に流れこみ、台湾の若者たちの間で日本文化を強く追い求める「哈日現象」が形成されている。表面的には、台湾人は日本や日本人、日本文化をよく理解しているようだが、実際、それは表層的な認識にしか過ぎず、理解と呼べるようなものではない。

では、一般の日本人の台湾に対する理解はどの程度のものなのだろうか。私は毎年一、二回は日本へ行くのだが、二〇〇〇年の夏、日本に行った時、「台湾にも文学があるのですか?」「台湾文学とは一体どのようなものですか?」といった質問を受けた。

台湾文学とは一体どのようなものなのだろうか。

私は、この『台湾現代詩集』である程度の答えになるのではないかと思う。

台湾の現代詩人は、中国文学、日本文学、西洋文学の影響を受けてはいるが、それぞれの詩人の生い立ち、環境、歴史意識の違いなどによって、自然に異なった詩のスタイルが育まれ、その違いはかなり大きい。だが、それを全体としてとらえたものが、まさしく台湾現代詩の本来の——複雑でまた多元的な様相なのである。

ページ数の関係で、取りこぼした作品があることは否めない。ここでお詫び申し上げたい。収録した対象は、主に是永教授と私が話し合った後、決定し、また台湾の詩人の意見も参考にした。この詩集は、台湾現代詩のすべてのすぐれた作品を盛り込めたわけではない。だが、私たちが選んだ作品は、いずれも秀でた、また代表的な作品であると強く信じている。

この詩集が無事完成にこぎつけたことについて、感謝の言葉を申し上げたい。まず、詩人たちの協力に感謝したい。次に、台湾文学協会秘書長の徐雪蓉さんと秘書の洪仲敏さんの事務での苦労にお礼を言いたい。

是永教授には、日本でのこの選集に関するすべての事務をお引き受けいただいた。ふだんの電話連絡、ファックスでのやりとりのほか、台湾での話し合いなど、ご苦労をおかけした。ここに心からの謝意を表したい。

またこの本を出版してくださった国書刊行会の佐藤社長には、台湾と日本の間の文学交流にご貢献いただいたことに感謝したい。

最後になったが、「中華民國行政院文化建設委員会」からの賛助に感謝申し上げる次第である。

二〇〇一年十二月

台湾現代詩集＊目次

凡例

一　本詩集は台湾の現代詩人二十六人の自選詩集である。略歴も詩人自身の執筆による（物故者の陳秀喜については編者の林水福が選篇し、略歴を記した）。紙幅の都合で、詩人によっては、編者の責任で一部詩篇を削除させていただいた。

二　詩人の配列順序は生年順による。

三　翻訳は是永、上田が分担し、それぞれの訳稿を互いにチェックしたが、最終的な訳責は担当者にある。各詩人の分担は以下のとおり。

陳秀喜、杜潘芳格、瘂弦、鄭愁予、李魁賢、張錯、李敏勇、陳義芝、陳黎、羅智成、焦桐、許悔之、顏艾琳――以上、是永

陳千武、余光中、洛夫、羅門、商禽、白萩、張香華、楊牧、席慕蓉、蘇紹連、白霊、向陽、莫那能――以上、上田

なお、このうち杜潘芳格のみは日本語での作詩なので翻訳の必要はなく、表記上の確認に止めた。

台湾現代詩集

陳秀喜

チェン・シウシー／ちん　しゅうき／一九二一年生まれ

若葉

——ある母親が子供に語り聞かせる物語

雨風が打ちつける時は
覆う葉が防ぎ
星がきらめく夜は
露が全身を濡らすでしょう
眠りに誘う暖かさは日の光
小さなひだをよせて眠りにつく
若葉が知っているのは　ただこうしたこと——
雨季が過ぎると

愛情

ザボンの花がそよ風に乗って香り
若葉は生まれたばかりの子のように
恐る恐る背伸びをする
ああ！　なんて不思議な感じなの
身を縮めてあの安らかな夢の世界に戻れないなんて
また背伸びをして　首を伸ばす
あの覆う葉が重なるすき間からのぞいて見ると
夢に見るよりももっとすっきりとしてきれいな虹が見えた
若葉は歓びを知った　自分が何倍も大きくなったことを知った
もうひだをよせ身を硬くして眠りにつかなくてもいいのだと知った
でも若葉は雨風に打たれる悲しみを知らない
はらはらと舞い落ちる落ち葉の嘆きも知らない
覆う葉だけが知っている　夢の痕がどんなに愛すべきものか
覆う葉だけが知っている　雨風がやってきそうな不安

一羽の不思議な鳥が飛んできた
きまった道のりはなく
いつ飛んできたのか　どこから来たのか
巣を捜しに飛んできたわけではない

樹の枝はことわりはねつける態度をとったことがない
天に向かって　何かを求める手のようだ
もし　その鳥が樹の枝に飛んできたなら
枝はきっと気持ち良く引き受けるだろう
もっともすばらしい装いを
そしてこの鳥にもはや翼がないことを願い
頑丈な鎖に変身したいと心から願うだろう
なぜなら不思議な鳥は樹の枝の上で
勲章よりもひかり輝き
樹の枝にかかる夕陽よりも　ずっと確かな存在だから
樹の枝は一羽の不思議な鳥を待っている

このちいさな春を惜しむ

見晴るかせば
あでやかな春の赤い唇が山寺の階《きざはし》に散っている
近づけばなんとバラのちいさな花びら

いま口紅をつけたばかりの赤い唇
なんと魅力的なこと

誰なの?
呼吸をする心臓がどうして堪えられよう憐れみのかけらもなく
このちいさな春を投げ捨てることに
階の片隅はひんやりと冷たい
拾い上げそっと頬に近づける
花びらが頬のほのかな温もりになめるように触れた時

かえって枯れしぼませるのではないかしらと
急に申し訳なく感じ
かといって指の間から舞い落ちるがままにするには忍びなく
まるで初恋の残骸を抱いているようで
人気《ひとけ》のない山道をさまよいつつ
心はすでにほんのちいさな春に占拠されていた

覆う葉

細い枝につなぎとめるようにして棲む
身を守る武装もない一枚の葉
防ぎ備えるものもなく
すみずみまで飢えた昆虫に食い荒らされ
荒れ狂う風に翻弄される
それでも自分の衰えには目もくれずに
細い枝の一点をしっかりとつかみ

青緑のカーテンとなって炎天の熱気をさえぎり
屋根となって風雨を食い止める
もし　生命が一本の樹であるのならその命は
天に向かって伸びるためのものではなく
ただかよわい若葉のすこやかな成長のためのもの

魚

わたしと兄弟姉妹はみんな口がきけない
わたしと兄弟姉妹はみんなウキクサの中で大きくなった
小さい頃は食べ物を探してかけまわったり
追われて逃げるのにせいいっぱい
今ではたまに一口気持ちよくあぶくを吐き出すけれど
人魚の歌声にはかなわない

祖先の魚たちのことを思えば

海を渡ってやって来た彼らの勇気に頭が下がる
でも彼らはみんなどこへ行ってしまったのか

それがわかった時には
わたしはすでにまな板の上
ぴくりと跳ねて弱々しい抵抗を試みる
悲しいのはわたしをこんなに大きく育てた歳月
恥ずかしいのは人魚の歌声を口にできなかったこと

樹の哀楽

地面が陽光に漂白されて
一面の鏡となる
樹はうきうきして眺める　八等身の自分
悲しんだこともある　しだいに低く小さくなる自分に
樹の気持は　冷めたり熱したり

光と影とに翻弄される
陽光が雲にさえぎられ
樹の影も鏡も消え失せる
孤独になってはじめて気づく
泥土に根をおろすことこそまことの存在

自分を知って
樹の心はやっと落ち着き
もう気にもしないあの
光と影の戯れ
泥土に根をおろしているこのすがたこそ自分

花の綿毛

一粒の小さな種を抱いて

細く柔らかい花の綿毛が舞い込んできた
彼女には花を咲かせる細胞がある
根をおろす使命がある
土地は自分で選べない
飛ぶ方向も風まかせ
軽やかに吹かれるままに
見捨てられ不安にかられ
あろうことかわたしの文机の上に落ちてきた
机の上には泥土がない
本の上にも泥土はない
彼女に生い茂る命を与えられない
わたしの手を差しのべると
羽毛のように　舞い上がった

風は時には彼女たちの恩人
風は時には彼女たちの罪人
慈悲深い風よ彼女を土のある場所へ運んでおくれ

今夜夢に現れてほしい
彼女が肥沃な花園を手にしたすがた

台湾

揺りかごのかたちをした麗しの島
それは　母親のもうひとつ別の
永遠《とわ》に変わらない懐
不屈の祖先たちが
われわれの歩みを見守っている
揺りかごの歌の歌詞は
かれらが繰り返し教え諭したもの
稲藁
ガジュマル
バナナ
ハクモクレン

ふくよかに漂う吸えども尽きない乳香

海峡の波は高々と打ち寄せ
台風は烈しく襲って来る
けっして切々たる教えを忘れてはならない
われらの歩みが整然としていさえすれば
揺りかごは堅固であり
揺りかごは永遠のものであり続ける
母が残してくれた揺りかごを愛《いとお》しく思わない者があろうか

月の抒情

あの年の中秋節に
あなたと知り合った
風の柔らかな暖かさが
不思議な月を際立たせていた

あなたはまさに針と糸
ピンク色の月を
わたしの心に縫い合わせる
光と熱をいただいて
わたしの憂いと悲しみは
しだいに消えていった

今年の中秋節
月はあいかわらずピンク色
わたしひとりで仰ぎ見る
吹き寄せるひんやりとした風の中
留まることは忍びなかった

蚊とわたし

腹を膨らませた一匹の蚊が
わたしの血を吸った
堪え難い憎しみにかられ
思いきりたたきおとそうとしたが
空振りにつぐ空振り
たたきおとせず
悔しい思い

惨めな死という災難から逃げのび
まだびくびくしている蚊が
わたしに反問する

酔生夢死の空気が
おまえのちっぽけな部屋を汚し
書物の香りを追いやっている
傀儡主義が
おまえの劣等感を深め
拝金主義が

おまえのプライドをしめ殺す
おまえは呆然として
なすすべもない

生きるために
蚊がおまえの一滴の血を吸うことなど
まるで
大海から一桶水を汲むようなもの
死罪にあたるようなことか？

わたしはあわてて窓を開け
嘲笑する蚊を追放した

陳千武

チェン・チエンウ／ちん　せんぶ／一九二二年生まれ

人と車

こちらに歩いてくる人がいて
向こうに歩いていく人がいる
こちらに走ってくる車がいて
向こうに走っていく車がいる
車を一瞬によけながら慌ただしく歩く人がいて
人をさっと避けながら急いで走っていく車もいる
キィーキィーとブレーキをかける車、　車、　車
驚いて立ちつくす人
茫然としてポカンと立ったまま動けない人

急ブレーキをかける車
急ブレーキをかけた車が連なって長い龍となり隊列となる

人と車が共存生活する世界
車と人が競争する道路の上で
ときどき気のふれた車がいて
人間を車輪の下に轢いて
うめき苦しませて死なせるのだ

あやういいのちは人間だけではない
ときどき気のふれた車がいて
車体と車体とぶつからせ
抱擁して互いに一体となってしまう
生殖機能さえ変形してしまった車と人……

愛と怨みの交錯

若さと老いは同じではない
君は土曜日が楽しくて好きだろうが
ぼくは寂寥とした土曜日を怨むのだ
毎週交わらない宇宙軌道を進むが
君とぼくの間には、ひどく大きな隔たりがあり
ますます離れて遠くなる
あたかも、もうとり戻すことのできないような——

土曜日曜以外
すでにもう休みの日はない
寛大に許す余地も、もうない
言い争うようなごたごたもない
こんな風だから、ただもう
静かに、平和を願うばかりで、手を振って云うのだ
バイバイ、さよなら、もう会わないからね！
紛々と入り混じった愛と怨みは
塵芥になって大地に戻るだろう……

ハクモクレンの花

南大街から、車を走らせ北大街を過ぎて
ちょうど高速道路にはいる前
案の定、また渋滞だ
当然、待たなければならない
待つとは
人生の是非や正邪の休憩地を再確認すること

笠を被って、首には白いタオル
軽便な服の若い農婦が
手には竹籠をもち、前方から
やわらかい物腰でやってくる
二車線の道路に停まっている大小の車の間を通りぬけ

若い農婦は
右手に島の形をした小さいハクモクレンの花をひとつ捧げ持ち
完璧な台湾風の芳香を売り歩いている
そうだ、ぼくもひと束買おう！

ひと束、五輪の花の芳香が車内に漂ってくる

いい香りだ　呉秘書長が感嘆して言った
今朝の台湾日報のトップ記事は
「省凍結案、圧倒的な通過」
ああ、ひとりにひとつずつの
白くけがれないハクモクレンの花が顔をほころばせた
省を凍結し、廃止し、国名を正すことへ一歩一歩近づく

「ありがとうございます」若い農婦がちょっと腰をねじって
またハクモクレンの花を売り歩くために離れていった
前方の車がゆっくりと動き出し
高速道路はもう渋滞していない

いい香りだ
ハクモクレンの花　桜のようにあでやかで美しく剣《つるぎ》のかがやきを出すのでもなく
ハクモクレンの花　傲慢で多情な梅の花のようでもない

私の孫娘

もうすぐ満一歳の女の子
私の孫娘、名前は怡聖《イーション》
ともだちや子供等はみんな彼女が大好きで
「ぼくちゃん」と呼ぶ……
というのは、まだ髪の毛が黒くもなく、伸びてもいないから

電話が鳴った
彼女はすぐにおもちゃを放り出して、這って来て
テーブルの角を握って立ちあがり
手をのばして受話器をとって聴きたがるのだ

祖父と祖母の愛情に満ちた声が
電線を通ってやってくる……

にこにこして
母さんに風呂に入れてもらうたびに
みずみずしく、幼い芳香のする体は女の子用の新しい服を着るとすぐに
家具の間で両手をひかれ
一歩一歩着実に——ひとりで歩こうとする

もうすぐ満一歳の女の子は
負けいくさをしたり
羞恥のない党や国が台湾を占拠したりする理由《わけ》は
当然知りもしない
利欲が人の心を惑わせた半世紀
恐怖から覚めやらぬかたくなさ
いまなお、「独立」と言える勇気がまったくない
私の孫娘、名前は怡聖《イーション》

毎日、活発におもちゃをほしがり、電話を聴きたがり
いつもにこにこ、あちらこちらに這いまわり
にわかにすこしもおそれず立ちあがり
一歩一歩、歩き方を覚え
——ひとり立ちしようとする

エアコンの冷気

1

摂氏三十七度　炎天下の夏
我が家の冷房機は
パパのように一家の主だ
家族を涼しく快適にさせる
だが、私は知っている
パパは与党の国民党党員ではないので

家の外に出れば
焼けつくような炎天下の社会
意気揚揚と心が晴れるような時はまったくない

2

摂氏三十七度の炎天下の夏を調節する
セントラル・システムのエアコンの冷気が
天井板の真ん中を占めて
ひそかにウーン、ウーンと音をたてる
部屋のなかの気持ちよさを保持するために
誰もがドアも窓も全部閉めきって
外界と隔絶する……

摂氏三十七度　炎天下の夏
何日続くのかわからない
誰も部屋のなかでただ縮こまってはいられない
外に出てはたらくのは

炎天下で連日悲鳴をあげること
それで、お金持ちはしばしば移民したがるのだ
あきらかに、セントラル・システムのエアコンが
民心を安らかにできるなどとは信じていない

心ではなく、足で台湾を愛す

思うに、台湾の中華民国は
うそ八百という重症の言語障害を患っているだけだ
考えてもいなかったが
二二八事件から今にいたるまで
ひどい怖がりという弱点があって、ずっと症状にも合わぬ
でたらめな薬石で、もうすでに肝硬変
植物状態のあわれな状況になって
ぼんやりとただ眠りを欲している……

権能誉れ高き、退役軍人総合病院の医者たちでも
ついにどうしようもできず、強心剤を打つこともできない

正しくいえば…
「積もり積もった怨恨がとけるチャンスもなく
ショックを引き起こさないように予防する必要がある」
というような診断……
愛ははるか遠くの海辺に捨て去り
肝臓は硬化して、心も失った以上、烏合の衆を集めて足によって愛する
来たれ、心ではなく足で台湾を愛せ
あらゆるところへ、歩き回ればいい

あわれな台湾　足で踏みつけられ、侮辱を受けるようにさだめられた運命
「恥」、「過誤をみとめろ」、どうか行け行け　歩き回れ！
誤ったデモクラシー　　幾万幾千のプラカードによる喚声で
期待するのは――満開のピンクの花弁！

作者後記――一九九七年五月十八日、『台湾日報』を開くと第一面のトップニュースは「足によって台湾

を愛する」（「用脚愛台湾」）という五個の大きな字であった。感じるところがあり、これを書いた。

訳注——一九九七年五月、誘拐殺人などの治安の悪化や、女性差別などを端緒に台湾で大規模なデモが発生した。五月四日のデモに続き、十八日には「足によって台湾を愛する五一八大行進」という抗議行動が発生し、「李登輝総統は政策の誤りを認めよ」、「内閣は総辞職せよ」などの要求がされたが、次第に政治的な思惑もからみ、激しい議論となった。「恥」「過誤をみとめろ」は当時のプラカードなどに書かれた標語。

杜潘芳格

ドゥ・パン・ファンゴー／と はん ほうかく／一九二七年生まれ

以下の詩篇は日本語によるものである——編者

杭州の梔子《くちなし》

咲きかけの白い花
つぼみ、ふっくらとした大きなつぼみ。
一緒にバスに乗り飛行機に乗り
帰って来た。

途中からどんどん花開き
甘い香りを辺《あた》りいっぱいに撒き散らしながら……。

とうとう家まで来てしまった杭州の梔子。

兵馬俑

秦の始皇帝の兵馬俑
ひとりひとりの兵士の顔、その表情。
復健治療室《リハビリ》で見る
老兵たちの顔、からだ、ひとりひとりの。
故郷の田畑から
追っ立てられて来て既に半世紀。
蔣介石の兵馬俑。

プラトニック・セックス

病床の脇に居る
老妻の目の前に、
フンニャリした一物《いちもつ》がピンセットでつまみ上げられ導尿。

老妻は
ハッとした。
（わたしは彼の何を愛したのかしら）と。

つばめ

建築してから四十三年
はじめてつばめが来て巣をかけた。
若い夫婦《めをと》つばめは仲々上手に巣が造れず
ひとつ目、それからふたつ目も中途半端。

やっと三つ目に出来上ったが
四羽もの子つばめを入れるには
小さすぎた。

くづれてしまった巣
親子全員　どこかへ引越してしまったが
時々白い胸を輝かせて
戻って来るのは
子つばめだろうか。

虹

二千零一年七月三十日台湾東部を「桃芝」という名の颱風が
襲い、土石流をもたらした洪水は二百名もの人の命を奪った。

翌日の早朝

日が出たばかりの東の空から西天にわたって、
大きく半円をえがいた七色もあざやかな虹が懸《かか》った。
聖書のあのノ、ア、の洪水のあとの約束の虹。

余光中

ユ・グアンヂョン／よ　こうちゅう／一九二八年生まれ

雨のなかで君を待てば

雨の待ち合わせ、　虹がうまれる雨のなかで
　蟬の声は落ち、　蛙の声が高まる
池の紅蓮は雨のなかで真紅の焔のよう
君が来るか来ないかは同じこと
　蓮のそれぞれがまるで君のよう
とりわけこの黄昏と小雨のなかでは
永遠と刹那、　刹那と永遠

時間の外で君を待ち
時間の中で君を待つ——刹那と永遠のなかで
もし今、君の手がぼくの手のなかにあれば
もし君の清らかな香りが匂ってくれば
ぼくはきっと言うだろう——ぼくの彼女

そうだ、この手は呉の国の宮殿で
蓮を採らなければ
木蘭の舟で、桂の櫂を漕がなければ

星がひとつ科学館の軒先に
耳飾りのように懸かっている
スイス製の時計が七時を告げ、突然君が現れた
雨のあがった後の紅蓮を越えて、ひらりと君が
短い歌のように
古典の恋物語の中からやってきた

白石の詞のように韻を踏んで君は来た

訳注――「白石」は南宋の詩人姜夔（一一五五―一二三五）の号。字は堯章。

一九六二年

ダブルベッド

戦争はダブルベッドの外でしてもらおう
君のその長い傾斜に横たわって
ぼくはホタルのような流れ弾がヒューと音をたてていくのを聞いている
ふたりの頭の上や
ぼくの髭や君の髪をかすめていく
政変や革命は周りで喚声を
あげさせておこう
少なくとも愛はぼくたちの側《そば》にある

少なくとも夜明けまではぼくたちは十分安全だ
すべてがあてにならなくなったら
そのやわらかな傾斜の上にもたれていよう
今夜たとえ山々が崩れ、大地が揺れ動いても
せいぜいその低い谷間に落ち込むだけだ
旗や進軍ラッパは高原の上で掲げさせればいい
少なくとも六尺のリズムはぼくたちのものだ
少なくとも夜明けまでは君はぼくのもの
まだ滑らかで　やわらかく
やけどをするくらい火照っている
純粋で精密な狂気
黒い辺境にある夜と死には
永遠に一千回の都市への攻撃をさせよう
ただぼくたちは天国を下に
錐揉みで降下し
君の素敵な手足の渦巻の中に旋回し　飛び込んでいくんだ

一九六六年十二月三日

松の下に人あり

松の下で午後の半ばを坐って過ごし
万事すでに分別を忘れることが出来た
口笛を吹いてみると
向かいの山の岩壁から
陰々として弾き返ってきた
――しかし、ほら聞いてみるんだ
驚いたことにその響きは
百年後の人々が聞く私じゃないか？
しかし、どうして予言のように
こともあろうに自分の耳に伝わるのか
古松が笑っている
一心に壁に向かわねばならない私は
虚空に背をむけねばならぬ

一九八二年

そして死んだあとの虚名にも

松の下に人はいない

長い松の陰の下に坐り羅漢にまなぶ
来ては去ってゆく鳥たちの声は
意味があるようでもあり、ないようでもある
あの深山から送られてきた間諜か
私の修行の深さを探りにきたのであろうか
小刻みにちゅっちゅっと鳴く
ひとつひとつが皆、心のうちに入っていく
ひとつひとつが皆、心のうちに入っていったのか
それとも皆、谷底に沈んでいったのか
百回の呼吸のあと、血液はさらに清らかにのびやかになり
巧みな言葉で心を惑わせる術などは

左の耳から入って、右の耳から出ていく
「ちっちっ」と鳴く声はもう止み、どこにもいないようだ
ひとむれのスズメが騒ぎながらやってきて
透明な私を通りぬけ、騒ぎながらまた去り
争って向かいの山に向かって云った
——松の下に人はいない

一九八二年

東京新宿駅

カラスが松の木影で騒ぎ
空は神宮の軒の下から暗くなり
夕ぐれの人波の海が東京を揺り動かしている
ちょっと頭をめぐらせたあいだに、右脇にいた旅の連れ
あの呉音が軽くうつくしい、江南の女がみえなくなった
ただ見えるのはぎっしり混みあった人の

顔の泡沫と頭の波で
その潮が高くなり低くなり、こんこんとやってくるだけだ
夕闇のなかで、その潮が地下鉄の出口の海峡に
ぶつかってゆくのには驚く

見えなくなった、ぼくの旅の連れ
彼女は遠くからずっと付きそっている
記憶が霧のようにはじまる最初の駅から
三十年、どれだけのプラットホームだったか？
ある処は灯火が燦然と輝き、ある処は物寂しく
ぜんぶは覚えていないが、ただ
車窓に彼女のシルエットがあれば
荒れはてた灯や駅でもあたたかく感じるのだった
三十年をふりかえれば、ただひと駅のよう
願うことなら共に乗車して、共に到着したいもの

ふたたび振り返れば、右脇に彼女がいた
三分間の失踪はわずかだったが

一千の駅を捜しまわる歳月ほどにぼくを不安にさせた
はっと悟ったが、肘のあたりの伴侶は
大切なひとつぶの真珠
この雑踏のなかで、もう二度と失ってはならない
「どうしたの、あなた?」笑って彼女が訊ねた
「いや、べつに」と、ぼくがそっとその手を握ると
正面に漢字の駅名が見えた
「新宿駅か、昔がなつかしくなる名前だな」

一九八四年

原注——「神宮」は明治神宮のこと。「彼女」は作者の妻。江蘇省出身なので「呉音が軽くうつくしい、江南の女」となる。

真珠の首飾り

記憶の隅のあちこちに転がって散っている

大切な半生の日々
決してとりもどすことはできない
あの宝石店の娘が微笑みながら、
私達の前で青磁の盤に載せて、訊ねた
「この十八寸のものでよろしゅうございますか」
そんな風にして、三十年の歳月が繋がっていった
大切な時間、一年は一寸にもならない
一粒一粒が銀鼠色にちらちらと光り
あたたかく満たされて、しあわせそう
あなたといっしょに過ごした日々
それぞれが、晴れた日の露の玉
それぞれが、曇った日の雨粒
別れている日々は、それぞれが
心の中に数珠として掛けられた
それぞれが繋がり、はじめからおわりまで首飾りになって
ゆらゆらとあなたの胸元に垂れ
この月日を貫く
十八寸の長さの二人の縁となった

雨音は何を言っているんだ？

今夜の雨音は何を言っているんだ？
階上のランプが窓の外の樹に訊ねる
その樹は路地の入り口の車に聞く
今夜の雨音は何を言っているんだ？
路地の入り口の車は遠くの道に訊ねる
遠くの道は上流の橋に聞く
今夜の雨音は何を言っているんだ？
上流の橋はぼくの小さい頃の傘に聞く
小さい頃の傘は濡れてしまった靴に聞く
今夜の雨音は何を言っているんだ？
濡れてしまった靴は鳴き散らしている蛙に聞く

一九八六年九月二日
結婚三十周年記念に

鳴き散らしている蛙は周囲の霧に訊ねる
何を言ってるんだ？　今夜の雨は
周囲の霧は階上のランプに訊ね
階上のランプはその下の人に聞く
下の人は上を向いて言う
どうして、まだ降りやまないんだ？
伝説の昔から今まで
細かい雨からどしゃぶりの雨まで
軒先から大きな河や海まで
おまえに聞こう、ぐずぐずしている青苔に
今夜の雨音は何を言っているんだ？

一九八六年

秦の兵馬俑

——臨潼出土の戦士の陶俑

鎧も兜も未だ解かず、両手はなお
私には見えない弓矢や長矛を堅く握る
もし鉦鼓が今、突然打ち鳴らされたならば
あなたはさっと向きを変えて、すぐに
二千年前の砂原に駈けていき
軍列に並んだ仲間に加わるだろう
もし今、眼を突然開けば、その威厳は閃き
その髭は猛々しく、獰猛に跳ねあがり
おどろいた観衆はどのように逃げればいいだろう
幸い、あなたはまだ両眼を閉じ、あたかも
長年の暗処の幽閉に慣れているかのよう
「なぜ急に、露出されてしまったのか」

もし急に、あなたがその強い秦国のなまりで
しかも古風な調べで口を開けば、誰が聴きとれよう
かくも悠々たる歳月を隔てた岸で
漢帝国も知らず、その後代もいうまでもなく
あなたはその都、咸陽について話すだろう
そして、私は西安の事変を話すだろう
だが、誰が長安の局面をわかりやすく話せるだろうか
あなたの矢がどんなに強靭であっても、
再び、桃花源へ撃ち込むことはできない
今はどの代か、あなたは訊くのだろうか
だが私は満足させられないだろう
始皇帝の帝国は車輪の幅を統一し、書体を同じくさせ
その威武たる黒旗は長城から交趾まで翻ったが
ただ二世代続いたのみで、あなたたち戦士を残した
坑と谷を一杯に埋め尽くす陶器の人形
きびしい規律と壮大な六千の兵騎

豈《あに》、衣《い》無しと曰はんや

子《し》と袍《ほう》を同じうせよ
王、于《ここ》に師を興《おこ》せば
我が戈矛《くわぼう》を修《しつら》へ

彼らは慷慨たる歌声のなかで、祖龍に従い
すべて、地下に入っていったが、はからずもわずか三年で
外は、嬴《えい》氏の天下ではなくなっていた
宮廷は嬴という姓ではなかったが、それ以後
我々は、かえって秦《チン》になった
チャイナチャイナ、と外国は我々を呼ぶ
チャイナチャイナ、黄河は幾度、澄んだであろうか
チャイナチャイナ、ハレー彗星は幾度振りかえったであろうか
漆黒の静まった闇に二千年幽閉されたあと
首尾よく、あなたたちは各地で出土し
博物館のなかで列を正す
その眉目は躍如として、厳粛で寂とした表情で
跡を断った帝国のための証となる
だが、騒々しい観衆である我々も

またたく間に、みな地下に入っていくが
どれだけの年月を経てまた出土するだろう?
いや、それはありえない
我々は、血の通った肉体で
あなたたちを葬った貴人のように、すぐに朽ち果てるだろう
ただ、朽ち果てることのないあなたたち六千の兵馬が残った
潼関はすでに落ち、咸陽には守りもなく
阿房宮の火災には誰が救助に駈けつけるだろう　ただ
もどることのできないあなたたちだけが残り
時代を隔てた人質、永遠の捕虜となった
口に封を三つしても、十二体の金像を止めることはできなかったわけだ
始めに像を作った者で、後の世はもうないなどと云ったのは誰だ
彼ら戦士こそ最も気高く貴い後人であって、始皇帝とともに去っていかずに
徐福の六千の男女とともに
秦が不老長寿のために未来に送った者たちだ

一九八八年

訳注――「臨潼」は陝西省にあり秦の始皇帝陵及び兵馬俑遺跡で有名。「交趾」はベトナムの古名。「豈《あに》、

衣《い》無しと曰はんや」以下は『詩経』「国風」の秦風第十一。訓読は、『詩経』（『新釈漢文体系』）の石川忠久氏によるもの。「祖龍」は秦の始皇帝の別称。「嬴《えい》」は秦の王室の姓。「十二体の金像」については『孔子家語』巻三に孔子が周の地で太祖の廟にいくと、堂の階段の前に「金人」（銅像）があり、その口に封が三つしてあり、言を慎めという銘がその背にあったという話がでている。また『文選』巻五十一に所収の賈誼「過秦論」に天下の武器が秦の都の咸陽に集められて、その溶かした矢じりや矛先で十二体の「金人」が作られ、民の力を弱らせたという。

オランダの跳ね橋

——ゴッホ百年祭

ワイヤーのぎしぎしという音とともに
跳ね橋がからんからんと、小さな運河の両岸を結ぶ
最初、あなたは確か、此処から河を渡り
薄暗いランプの方に歩いてゆき
小さなテーブルを囲んでジャガイモを食べている
農民一家をさがしに行ったのでしたね
あなたは本当にこの橋を渡っていったのでしょうか

あなたを愛してもいない女のところへ
地獄より深い坑道へ
レイシェルの叫び、ゴーギャンの冷笑へ
血塗られた剃刀を手に光らせ
精神病院の深く長い廊下へ
振り返ることのできないもうひとつの世界へ
ラマルティーヌ広場の焼けつく熱気へ
寂しい道端のカフェへ
そして、はるかに寂しい星の煌き、月の光へ
七月がやってくれば黄金の田園へ
騒ぎ立てるカラスや波うつ麦畑へ
そのうえ、なぜ持ち挙げたのは絵筆ではなく
銃だったのでしょうか?

あの一発で世界は目覚めませんでしたね

百年が経ち、やっとその反響が伝わり
五百万人が押しあいながら橋を渡り

ホテルやレストランや美術館を満杯にし
遅々とした列のなかで首をのばして争って見ようとする
初めはあなたの弟以外
誰も橋を渡って見ようとしなかった
　ひまわり
アイリスの花
　星降る夜
全てがまばゆいあの新しい世界を

一九九〇年

洛夫

ルオ・フ／らく ふ／一九二八年生まれ

窓の下

夕闇が雨あがりの窓を飾るとき
ぼくはここから遠い山までの距離を測る

窓ガラスにハアーと息をひと吹きして
指で一筋の長い小径を描く
その小径のおわりに
後ろ姿の人影をひとり
誰かが雨の中から去っていった

灰燼の向こう

君はかつて君自身
潔白であることに何の名も要らなかった
死の花はもっとも醒めた眼のなかで開く
だから私達はまさに灰となるその時間に向かって跪くのだ

だが私達は何物でもなく、顔を赤らめて
贋金のごとくズボンのポケットに隠れている

君は火の胎児として
燃え上がる焔に成ろうとしていた
ザクロの傲慢さで君といざこざを起こそうとすれば
誰であろうと憤然として腕を挙げ、汗も見せずに力ずくで立ちむかった
君は伝説のなかの、あの半分の蠟燭だ

残りの半分は灰燼の向こう

金龍禅寺

黄昏の鐘に
遊覧の客達が下山する細道
羊歯の葉が白き石段に沿って
まっすぐに嚙み砕いておりて行く

もし此処に雪が降れば——

ふと見れば
一匹のおどろいた灰色の蟬が
山中の灯火をひとつひとつ
点している

国境で故郷を望む

ずっと喋っているうちに
我々は落馬州に着いていた

霧がちょうど立ちこめはじめ、我々は茫然として周囲を見回した
掌には汗をかき始めていた
望遠鏡のなかで数十倍に拡大された郷愁
風のなかでみだれる髪
距離が合い、心臓が早鐘を打ち始めたとき
遠くの山が真正面に私の顔に飛び込んで
ぶつかってきた
ひどく傷ついた自分がいた

気分がすぐれない

山麓のうち枯れたツツジの群れが
一輪だけ残しているかのよう
「進入禁止」の告示板の後ろにしゃがみ
血を吐いていた
その時
一羽のシラサギが水田から急に飛び立ち
深圳を飛び越えて
急にまたもどってきた

カッコウが逆上したように啼き
焼けつくような声が一回一回
異郷の三月の春の寒さを突き抜けていった
私の両目は真っ赤で、血管がひろがっていたが
きみは外套の襟を立て、振り返って私に訊ねた
寒い、それとも
寒くない?

啓蟄の後は春分

清明節はもうすぐ
そして思いがけなく広東のなまりが理解できた
雨水が果てしない大地を青いことばに訳したとき
ほら、福田村のむこうが水囲村だ
故国の泥と土は手を伸ばせるところにあるが
私が摑みとったのはただひと握りの冷たい霧だけだ

原注――一九七九年三月中旬、香港からの招きに応じ、十六日の午前中、落馬州の国境周辺を見た。当時、軽く霧が立ちこめ、望遠鏡の中の故国の山河がぼんやりと見えた。耳元で数十年聞かなかったカッコウが啼き、私の心の琴線がふるえた。その時の心境は大体、「近郷情怯」(長く故郷から離れていて、ひさしぶりに家にもどるときに、期待感と畏怖の気持ちがすること――訳者)といわれるようなものであった。

訳注――「落馬州《ロクマーチャウ》」は香港で一般の観光客が訪れることが出来る最北の展望台。改革開放前まで国境緩衝線と、寒村だった深圳が眼下に広がり、中国本土が眺められる丘として有名であった。「啓蟄」は二十四節気のひとつ。新暦三月六日頃。冬ごもりしていた虫がはい出る意。「清明節」は冬至から数えて百五日目から三日間で、陽暦四月四日から六日までの頃。墓参りの習慣がある。

なぜって、あの風のせいだ

昨日、川岸に沿ってゆっくり歩き
葦が腰を曲げ水を飲んでいる場所に着き
ついでに煙突に
長い手紙を空に書くように頼んだ
書き方がいくらかぞんざいでも
君の窓辺の明かりのようにぼくの心ははっきりしている
すこしばかり曖昧だけれど
それもよくあること
　なぜって、あの風のせいだ

この手紙を君が読んで分かるかどうかは大切なことじゃない
大切なのは
雛菊が皆、しおれてしまう前に
君が早く怒り出すか、笑い出すかってことさ
早く箱からぼくのあの薄い上着を捜して
君の黒くあでやかな髪を鏡の前で梳くんだ
それから一生の愛で

火を点す
ぼくは炎
いつ消えるかはわからない
　なぜって、あの風のせいだ

靴を送る

遠き険しき千里の彼方から
靴を送ります
一通の
文字のない手紙
四十年あまりの積もり積もった
話したくても出来なかった事々を
ただひとつひとつ靴の底に
縫いこめておきました

ずっと密かにしまっておいたことばかり
井戸の傍らに
台所に
枕の下に
真夜中に揺れる灯火に
それぞれしまっておきました
あるものは風に乾いてしまい
また黴の生えたものもあります
歯が抜け落ちたものも
青黴が生えたものも
今ひとつひとつ集めて靴の底に
縫いこめておきます

この靴は少し小さめかもしれません
でもわたくしの心からのおもいと
子供時代と
真夜中の夢で量り、つくりました
お脚に合うかどうかは別の事

どうかお捨てにならないで
破れ靴のように
四十年あまりのおもい
四十年あまりのひとりの寂しさが
皆、この靴の底に縫いこめているのですもの

作者後記――友人の張拓蕪と従妹の沈蓮子は小さいときに婚約していた。郷土の戦乱のために遠くはなればなれになり、四十年以上消息がなかった。近年、海外の友人を通して、突然従妹が自ら縫った布靴一足が拓蕪に送られてきた。拓蕪はそれを、あたかも一通の無字でありながら千言万語がこめられた家からの手紙のごとく捧げもち、ただ涙をひたすら流し、すすり泣くのであった。現在、張拓蕪と従妹は二人とも、老いてしまったが、その「情が物に為った」という愛は、世を経ても消えることがないだろう。この詩は沈蓮子の言葉として書いてみた。したがってその言葉は努めて簡単で分かりやすくした。

出三峡記

銅鑼の音が何年も前には響いていた
河に出た船は

私を乗せてゆっくりと薄絹のような空に向けて進んでいく
碇をあげてから、霧が少しばかりの作り物の水の神話を始めた
秋は瞿塘峡の何番目の峰まで来ているだろうか？
汽笛がシューと高く鳴った

十月の長江を
ひと振りの寒剣があざ笑うかのように鬱蒼と重なった巌のなかを貫いていく
岸の楓の葉はその掌で血判を押す
船首には水と雲の故郷
船尾には龍門を過ぎたときに切り傷を負った魚の一群
私は剣の刃の上を進んでいく

船は酆都に近づき
水底の亡魂がここで入り乱れて岸に登っていく
しかし私のような三途の川を渡った旅人をどうしようというのか？
ただ少しばかりの水面を漂う衣服を想いおこすだけ
霊魂が干上がり、なめらかな皮膚の――
。。。。。。。。。。はかない泡

濁った波はこんこんと流れ、振りかえると
もうひとつの煙雲渺茫とした時代へ戻っていく
関羽の馬、張飛の矛、劉備の涙なき慟哭
千年前、舟の上で飲んでいた者は自分の咳を江を隔てた岸の猿の声と間違えた
唐人は酒でげっぷをする時も韻を踏んだかもしれぬ

もし馬で来たならば
深夜には蹄の音か波の音かがはっきりせず、またそれも凄烈ないたましさがあろう
長江を進むこと千里、ますます遠く冷えてきた
雪はまさに私の胸に落ち
かつての沈没していく船の渦巻きの中に融けていく

蕭条とした巫峡をすでに過ぎ
太陽に吠えた犬の声はすでに昔のおどろき
背後の河の流れは急になり、伏兵の一隊が待ち構えて攻め込んでくるかのよう
ぞっとして振り向くと、私の頭は
早朝梳いたばかりの神女峰の髷にぶつかりそうであった

赤壁には、あと半分の夢で着くだろう
書に親しむ者は身を俯き、水に向かって訊ねるのだ
舟を焼き戟を沈めた英雄は誰か
孟徳、周郎がそうだ
蒼い苔は更にそうだ
一気に断崖を登ってゆく

しかし長江は
どこにあっても、その波がどんなに魚や蝦を流しつくしても
いつも私の胸元を通ってやっと湧きあがらなければならない
あかがねの琵琶もやっとその音律を奏で始め
蘇翁の「念奴嬌」もやっと香り高くなり
長江で洗われた漢字がひとつひとつ輝きはじめるのだ

行路全体でひとつだけ気にかかっていた事は
鳥だけが通れるような高く険しい道を過ぎて
自分の星座をみつけることができるかであった
私はひたすら船尾で浮き沈みする少年時代と

舷側を打つ波が水面《みなも》に映る影を眺めていた
水に映る影は驚いているようでもあり
沈思するようでもあった
その鏡のなかに逃げ込めば、暴風から免れるであろうか
おもいがけなく、前に西陵峡が立ちはだかるように迫っていた
私はなるべく考えないようにした
ただ、両岸の間にこの痩骨が入らないのではと怖れるばかりだ

訳注――「三峡」は四川、湖北の境にある巫山山脈に揚子江が作った大峡谷。瞿塘峡、巫峡、西陵峡を指す。「鄷都」は四川省の県名。「太陽に吠えた犬」とは「蜀犬日に吠ゆ」といわれ、蜀（四川）は霧の多い山地で太陽があまり出ないので、太陽を見ると犬が吠えるとされた。「念奴嬌」は蘇軾（一〇三六―一一〇一）の代表作のひとつ、「赤壁懐古」。「念奴嬌」は双調、百字の詞牌名。元豊五年（一〇八二）七月蘇軾が黄州に左遷されていたときの作。上編は赤壁を詠み、下編は呉の武将、周瑜を想って書かれた。「孟徳」は曹操（一一五五―一二二〇）、魏の太祖武帝。「周郎」は呉の武将、周瑜。二十四歳の時に東呉中郎将となったので、周郎とよばれた。

禅の味はどんな味?

当然、珈琲の香ではなく
唐辛子の辛さや
蜂蜜の甘さでもなく
苦瓜《にがうり》の苦さでもない
紅焼肉《ホンシャオロー》のあの艶めかしい性感でもなく
あのように脂っこいものではない
鳥のさえずりといわれるが
ひどく沈黙しているし
花の香りともいわれるが
古い袈裟の腐ったようなにおいも少しする
あるいは一杯の薄い酒
　　淡いお茶
あるいは、むしろ一杯の清水のよう
だが実は　あの禅とは

一滴の水もないからっぽの
私の杯にいつも赤裸裸にかくれている

訳注——「紅焼肉」は皮付きの豚バラ肉の醤油煮込み。

羅門

ルオ・メン／らもん／一九二八年生まれ

フォート・マッキンレー

——人類は偉大さに茫然とした時はじめて
それを超越することができる。

戦争はここに居座り誰のために嘆いているのか？
その笑い声は七万の魂を眠りよりも深くこの場所に埋めている
太陽はもう冷たく　星も月もすでに冷え込んだ
砲火によって煮立った太平洋の波もすでにもう冷たい
スミス・ウィリアムス
その華やかで煌びやかな栄光も君たちに手を差し伸べて故郷の家に迎えることはできない

君達の名前は故郷に送られ　冬の海よりも冷たい
死の喧騒のなかで　救いなき君
そして神の手は――
血は偉大なる記念を洗い流した
戦争も哭いている　栄光はなぜ微笑まぬ
七万の十字の花が集まって庭園となり
並んで林となり　絡み合って百合の村落となる
風のなかでも動かず　雨のなかでも動かず
私が眺めているマニラ湾に沈黙し
旅行客のカメラにも青ざめている

スミス・ウィリアムス　死に混乱したレンズのなかで　ぼくはただ知りたい
　　幼い頃君達の眼がいつも遊んだところを
　　春の日に録音したテープやカラースライドがあるところを

フォート・マッキンレー　鳥は鳴かず　木の葉も畏れてうごかぬ
どんな音もこの静寂を傷つけ血を流させるだろう
空間と空間が切り離され　時間は時計から遊離している

ここは薄暗い地平線よりも寡黙で　永遠の沈黙
麗しき無音の建物　死者の花園　生者の風景
神も来た　敬慕も来た　車も都市もすべて来た
しかしスミス・ウィリアムス　君達は来ることもなく去ることもない
振り子を取り去った時計盤のように静止し　歳月の顔はみせない
太陽の下の夜　星が消えた夜
君達の盲目の眼は季節もわからず寝《やす》みながら
死にきれない世界に目覚め
フォート・マッキンレーのひどく憂鬱な緑の草原で熟睡する

死神は咆哮する大理石の上に聖品を所せましと並べ
高く掲げられた星条旗に見せ　不滅に　雲に見せるのだ
フォート・マッキンレー
それは陸の上の太平洋、その白波は碑《いしぶみ》の林
一枚の天地を嘆く巨大なレリーフが、漆黒の死の背景に掛けられている
白色の不安の戦慄に燃え尽きた七万の物語
スミス・ウィリアムス
黄昏の落日が一面のマンゴーの林を真紅に焼き尽くす時

神は足早に離れ　星も消えいる
だが君達はどこにも行かぬ
太平洋の暗き水底のどこにも出入りする門はない

原注――フォート・マッキンレー（Fort Mckinley）は第二次世界大戦中に太平洋戦線で死んだ七万人の米兵を記念し、アメリカ人によってマニラ近郊に作られた。大理石の十字架が七万柱立てられ、それぞれ死者の名と出生地が刻まれている。非常に壮観であり、また凄惨である。広大な緑野に並べられ、太平洋での悲壮な戦況を示しながら、人間の悲惨な命運、そして七万のさまざまな物語が死によって永遠に葬られている。その空間は都市の喧騒から離れ、その場所のとらえがたさには偉大さと不安感がまじり、戦慄する。山林の鳥も驚いて皆鳴き止んでいる。その静寂はわれわれを畏怖させるほどである。静かであり、神ですらその寂寞を感じ、留まっていられない。マニラ湾が遠くにきらめいて、マンゴー林と鳳凰木が延々と野にひろがる。その風景はあまりにも美しく痛ましい。空が青く、旗がはためき時は敬虔になる。空が暗く旗が静まるときは周囲はたちまちに粛然として沈黙し、死の陰影が重く押し被ってくる。作者は公務でフィリピンに行き、この地を訪れ、スミス・ウィリアムスの十字架の前で写真を撮った。

世界的な政治ゲーム

「彼」は左眼を使って彼の右眼を叩き撃つ

彼は右眼を使って「彼」の左眼を叩き撃つ
　　　　　　　　　　　　　涙が出る
「彼」は左心房を使って彼の右心房を叩き撃つ
　　　　　　　　　　　　　涙が出る
彼は右心房を使って「彼」の左心房を叩き撃つ
　　　　　　　　　　　　　血が出る
　　　　　　　　　　　　　血が出る
そこで無数の「彼」と彼は
　左右の眼から涙を流し
　左右の心房から血を流す
その結果「彼」と彼は
　　同じようにひとりである

窓

力いっぱいにひと押し　両手は流れるように

いつも山河が数えきれず
眼をもどすこともできない

遥か遠く望めば
きみは千翼の鳥と成り
大空を越え去り、もう翼の上にはいない
耳をすませば
きみは千孔の笛
その音は深く、過ぎ去った昔をみつめるよう

力いっぱいにひと押し
ところが、透明な中に閉じ込められて
　　　　　出られない

作者後記——推して開けるのは建物の窓ではなく、自らの命の窓、大自然の窓、宇宙空間の窓、そして窓の外の窓である……

流浪

1

さすらいの人

広大な海にすっかり疲れ果てた船が港に一隻
男はランプで自分の影をコーヒーテーブルの傍らに繋ぎとめる
いつも彼のそばにいる連れあい
そいつ以外だったら、ナナが誰よりも一番親しい

椅子と男は座っているうちに、影と椅子になる
　酒は一本の路、空き瓶は無人島
長針と短針がそう示すまで座る
男は階段に向かって靴音をとりもどし
　傍らのペットを連れて
街路全体をただ、脚の下にして歩く
星がひとつはるかに遠いところで

大空を伴って歩いている

原注――「ナナ」は酒場の女。

2

全人類がさまよっている

人は汽車のなかを進み
汽車は地球の上を進み
地球は宇宙のなかを進み
宇宙は茫々たるなかを進み
誰も降りることはできない
名刺に印刷した住所は
すべて間違っている

馬の中の馬

――自由と超越した心をもった智慧の創造者すべてに捧ぐ

山水を駈けて来て
山水を衝いて去る
地平線を除いて
その馬はまだ手綱も見たこともない
雲と鳥が座った山のほかに
　まだ鞍も見たことがない
天空が銜《くわ》える虹、大地が啣《くわ》える河のほかに
　くつわを付けた口を見たことがない
荒野のなかの煙のほかに
　鞭を見たことがない

厩《うまや》を思い浮かべれば
荒野ですら引き裂く
果てしなき広漠さを思い浮かべれば
四つの脚は翼となり
　山と水は一体となって飛翔し

蹄が下りるところは花が満ち
蹄が上がれば星は天に満つ

山

――その乳房は天空の透き通った肌着の中で露わになっている

その静かで麗しいライン
海の波でも
　ずっと話題になり
描かれても似ていず
　再び塗りつぶされる
ずっと何も云わずに
ただ自らの韻律に従っている

風も雲も鳥も
またそれを描いたが

その筆遣いはひどく浮きあがって
　みな描ききれぬ
むしろ簡単な
　力強く、また柔らかな一筆が
風のかろやかさ
　雲の悠々さ
　鳥の飛翔を
すべて描きつくすのだ

見えない椅子

全人類がその椅子を捜している。それはずっと空中にぶら下がっていて、周りには撃たれて失明した眼と壊れて止まった時計が一杯に積まれている――作者

落ち葉はあの椅子だ――風が座っていく
流水はあの椅子だ――野原が座っていく

鳥も雲も空に置かれた
　遠くの椅子
十字架と銅像も
　　更に遠い空にある椅子
幾分近い椅子は
　きみの影
　彼の影
　ぼくの影
　みんなの影

傘

――人は魂がひっそりと静かになる深き海で孤独な自己をとりもどす

男はアパートの窓に寄りかかり
雨の中の傘が
　ひとつひとつ孤独な世界に

変わっていくのを見つめている
彼は思い浮かべるのだ
一群の人々が毎日混みあった
　バスや地下鉄から急ぎながら
自分を閉じ込めるようにして帰宅して
　身を避け門を閉めるのを

突然
アパートのすべての部屋が
　雨の中に駆けてゆく
　ただ「俺達もまた傘だ」
　　と叫びながら

男は愕然として立ちつくし
そのまま傘の柄になる
　だが空のみが傘で
　　傘の中で雨が降り
　　傘の外には雨が降っていない

商禽

シャン・チン／しょう きん／一九三〇年生まれ

七面鳥

子供が僕に云った。「あの七面鳥は物を食べる時にだけ鼻の先の肉のすじを収縮させるんだよ。角みたいにまっすぐにね。」僕は考えたんだが、七面鳥もまた無駄話を好まない家禽だ。しかもその鳴く時といえばわずかに抗議のためにすぎない。

羽をひろげた七面鳥はまるで孔雀のようである。（その鳴き声すら似ている。この為に僕はかつて悲しんだのだ。）だが孔雀はその美をひけらかす――さびしいのだ。七面鳥はしばしば虚無に向かって見せびらかす。

虚無に向かって見せびらかす七面鳥は、形而上学を理解しているわけではない。彼らは葉緑素が豊富に含まれる葱のしっぽを好んで食べる。
恋愛について云えば、恋人と散歩する七面鳥は大変少ない。
いつも、考えている。だがどれも、我々が理解できるものではない。

キリン

囚人達の体格検査、毎月の彼らの身長の増加がいつも頸《くび》の部分である事に若い看守が気がついた後、刑務所長に報告した。「所長、窓が高過ぎます。」だが、彼が得た回答は——「いや、彼らは歳月を仰ぎ見ているんだ。」

慈しみ深い青年看守は、歳月の顔も、その祖籍も、またその行方も知らない。かくして毎夜、動物園に行き、キリンの檻の外で、ためらいながら、番をするのであった。

消火器

憤怒がこみあげてきた昼間、僕は壁の消火器をみつめていた。子供がやってきて云った。「ほら、その眼のなかに消火器がふたつあるよ」無邪気な指摘のせいで、僕は彼の両頬を手に包んで、思わず泣いた。

子供の両目では、僕が泣いていた。僕の眼の涙に彼が何人いるかは、彼は言わなかった。

鳩

突然、右手の拳を堅く握って、左の掌を強く打つ。「パシッ」という音。何もない寂とした荒野。だが病んだような空のなかに一群の鳩が飛んでいる。彼らは一羽ずつなのか、それともつがいなのか？

私は左手でゆっくりと開いていく右の拳をしっかりと握り、手の指をゆっくりと掌のなかで伸ばすが、まっすぐ十分には伸ばしきれない。ただ繰り返しあがくだけである。そうだ。この、働いた後にまだ仕事があり、殺戮の後に結局殺される無実の手。今、おまえはまったく一羽の傷を負った小鳥のようなものだ。だが、目がくらむ空を一群の鳩が飛んでいったが、一羽ずつなのか、つがいになっているのか?

今、私は左手でふるえる右手を軽く愛撫しているが、左手もまたふるえている。あたかも、傷を負った彼女の伴侶を憐れむかのように。そうだ、一羽の傷心の鳥なのだ。そこで、私はまた右手で軽く左手を愛撫する……空で旋回しているのはひょっとしたら鷹や鷲ではないのか?

貧血の空に、一羽の小鳥もいない。たがいにもたれあって震え、働いた後にまだ仕事があり、殺戮の後に結局殺される無実の手。今、私は君たちを高くかかげ、本当に――ちょうど、つがいの傷の癒えた小鳥を放つように――自分の両腕から釈放したいと願っているのだ。

一九六六年四月六日

崗山頭

君の樹木のなかの顔、その樹木をおもうが
車が君にどんな風におしろいをつけたか覚えていない
その灰色の額がすべての田野から
突き出ているのを仰ぎみると
君はためらいを見せていた
牛車が一輛通りすぎて
少しばかりのはっきりしない季節を載せていった

君の果樹園の早朝、その花々をおもい
もうすぐ熟す果実をおもう
でもみな自らはじめたのではなく
色彩の伝染病に罹ったのではと疑ってしまう

崗山頭をおもえば、ただ一夜でも
私は耐えられないのだ　耐えられない
その温泉の稀な冷たさ
その呼吸の稀な熱さ
その端麗な夜の頬は紫色に変じ
光輝く汗は凍りつく

君の春が来ないのは耐えられない
夏はいつまでも留まり去らないのか？

訳注——「崗山頭」は高雄県田寮郷の大崗山の旧称。山の北麓に温泉地がある。

逃亡する空

死者の顔は誰も見たことのない沼
荒野のなかの沼は逃亡する空の一部

遁走する空はバラで溢れ
溢れているバラは降ったことのない雪
まだ降らない雪は血管のなかの涙
登ってくる涙はかき鳴らされる琴の糸
かき鳴らされる琴の糸は燃えている心
焼け残った心は沼の荒野

冷蔵した松明

深夜に停電し、飢えが暗闇とともに襲ってきた。蠟燭をつけて冷蔵庫に行き腹を満たすものをさがす。冷蔵庫を開いて必要なものを見つけようとしたちょうどその時、突然気付いた、珊瑚のように赤い灯光と炎、長い黒髪のような煙に。ただ――なんと、それらはみな凍結していた。ちょうど君が自分の胸を開いたときに、冷えた松明をみつけたようなものだ。

電子ロック

今夜、私が住む一帯の街灯は深夜十二時に時間どおりに消えた。鍵を探している時、親切そうなタクシー運転手が車を後退させながら、ヘッドライトを私の背に向けた。強烈な光はひとりの中年男の体の黒い影を容赦なく鉄のとびらに映し出した。私が鍵の束から目的の鍵を選び出し正確に心臓の場所に挿し込むとやっと、その親切なタクシー運転手は車を発進させた。

私も心臓に挿されていた鍵をカチリとひねり、その精巧な金属片を抜き取り、とびらをぐいと押して入っていった。

すぐに私は内側の暗闇に慣れたのである。

一九八七年一月十三日

某日、某路地で旧居を悼む

日暮れのあと

瓦礫のなかの鉄筋がぐにゃりと斜めに曲がり
伸びて巻きつき、一枚の
鉄の狂草体になって
薄墨の夜のとばりに溶けいる
あやしい影が
客間でうずくまり
その唯一の手が
炊事場にのびる
(また食事の時間だ)
その影は手と肘に機械油をたらし
ステンレスの骨格で
お天道様よりまだ白く
塀の隅には
欠けた漢方薬の土瓶
中にこめられているのはあいかわらず
年老いた家主の咳

一九七九年

訳注――「狂草体」は自由奔放にくずした草書体。

ものいわぬ衣

――一九六〇年秋・三峡・夜に衣を洗う女を見て

月の光のような女が
水のほとりで
黙々と
黒く硬そうな石に槌を打ちつけている
(だれも彼女の亭主がどこに流れていったか知らぬ)
荻《おぎ》の花のような女が
河辺で
なにもいわず
白くつめたい月光を槌で打つ

（だれも彼女の亭主がどこに流れていったか知らぬ）

月の光のような女が
荻の花のような女が
河辺で黙々と槌を打つ
水のほとりの、ものいわぬ衣

（ぼんやりと薄暗い遠い山はいつも、後になってやっと痛みを訴える）

作者後記——一九六〇年の秋、詩の友人である流沙と三峡に遊び、通りを背にして河に面した旅館に泊まった。その家は木の梁で下から支えられた小さな建物で、半分は河の上に懸かっていて風も水もその下を流れていた。そこで、米酒をコウリャン酒のようにのみ、酔っ払って寝てしまった。夜に衣を搗《う》つ音で夢から醒め、粗末な窓を押しあけてみると、月光、荻の花、水の光が明るく澄んだ光景で天地は寂然として、ただ、女が渓流のそばで衣を洗っていた。カチャン、カチャンという砧の音が山ぎわに響き、凄烈にたえぬものであった。幼時に、河辺で洗濯する女達と過ごして楽しんだことや、その水しぶきや談笑の声を昨日のように思いだし、憂愁にたえなかった。流沙を起こしてまた飲みたいと思ったが、それも果たせず、ひとりで飲み句を考えてみたが、出来ずに結局眠れずに夜を過ごした。のちに、秀陶等とまたその、ちいさな建物で酔ってみたが、もう砧の音は聞こえず、また句もできなかった。二十年後、詩は完成したが、古い友人はもう散り散りになった。懐旧の情がやまず、ここに記す。

一九八二年　台北

訳注——「米酒」はもち米、もち粟でつくった酒。

にわとり

日曜日、公園の隅の静かな一角で、足の欠けた鉄のベンチにすわって、ファーストフードの店で買ってきた昼食を楽しんでいた。それをかじりながら、ぼくはここ数十年、にわとりの鳴き声を聴いていないことを突然思い出した。

ぼくは骨を寄せあつめて太陽に呼びかけられる一羽の鳥を組み立ててみた。声帯は捜せない。彼等はもう鳴きさけぶ必要もないからだ。仕事といえば、たえず食べることで、自分達自身を生み出すこと。

人工の日光の下で
すでに夢もなく
夜明けもなくなった

空とぶゴミ

風、にわかに起こる

まず古新聞が、昨日のニュースも今日の歴史も吹かれてめくりあがり、大通りの向こうへ飛ばされふたたび踏みつけられた。それからやっと、ビニールの袋がひとつ、淡い赤の縞模様でほとんど透明のものが、空に舞い上がり、台電ビルをかすめて上がっていった。人々の視線もそれにつれて、上下左右に揺れ動く。その後、南に向かって、新店渓に沿って上空を飛び、ハトの一群を追い散らし、五重渓山区に入った。すると林のハヤブサが一羽、空に偵察に上がってきたが、袋のなかの人間や禽獣やゴキブリの騒々しい嘆きや不平を嫌い、急いで避けていった。しかしなお警戒を怠っていない。

ゴミ袋は続いて白鶏山の方向へ飛び、茜雲が西の空に端正な大きな字を書いていた。

作者追記——一九九八年地球の日（四月二十二日のアース・デー——訳者）に初稿。一九九九年七月九日改訂。

瘂弦

ヤー・シエン／あ げん／一九三二年生まれ

橋へ

きみのそんな姿がすきだ
坐って、髪をふり乱し、思い出すままにドビュッシーを弾いている
折れたゴボウの上
河の中の雲の上
空は漢代の青を湛え
キリストはいにしえの優しさを温める
水を加えて磨かれたはるかなところ小鳥の声の下
五月もま近な頃

（かれらにはかれらのカタバミ万歳を唱えさせておけ）

丸ごとの一生とはなんと、なんと長いものよ
たとえ久しく或る種の呪いが
竪笛や低音の簫たちのもとに留まっていようと
明け方から夕暮れまで彼を気にかけ、彼を想うことのなんと麗しいことか

考えをめぐらし、生活を営み、たまにほほ笑む
楽しくもないし楽しくないわけでもない
なにかがきみの頭上を翔んでいった
あるいは
もともとなにかなど無かったのかもしれない

麗しい稲束がいつも田圃に配置され
彼はきまって彼のすきな場所に口づけをする
一陣の雨が樹の葉と草を濡らすのを見たことがあるか
草や葉になるか
一陣の雨になるかは

きみの思いどおりさ
（かれらにはかれらのカタバミ万歳を唱えさせておけ）

午後はいつもあの「声声慢」の一首を吟じ
指の爪を磨き、坐ってお茶を飲む
丸ごとの一生とはなんと長いものよ
過去の数を重ねた歳月の上にあって
疲労した語彙文字の間
丸ごとの一生とはなんと長いものよ
一曲の歌に打ちのめされて
悔恨の内

誰であろうとそんな話はしない
そんな話、いったいどんな話
ついに心は乱れ、ついに失う
遠くはるかに、遠くはるかに遠く

訳注――「声声慢」は詞の曲調である詞牌の一種。宋の女性詩人李清照の、心の拠り所を尋ね求めても寂しさと痛ましさしか得られぬ心境を歌ったものが有名。

歌のようなお決まりのことども

温かさの必要
肯定の必要
ほんの少しの酒とモクセイの花の必要
女の子が通り過ぎるのをまじめに見る必要
きみがヘミングウェイではないこの最低限の認識の必要
欧州戦争、雨、カノン砲、天気と赤十字会の必要
散歩の必要
犬を散歩させる必要
薄荷茶の必要
毎晩七時に証券取引所のあちらの端より

草同様に舞い上がるデマの必要。ガラスのドアを旋回させる
必要。ペニシリンの必要。暗殺の必要。夕刊の必要
フランネルの長ズボンを着用する必要。馬券の必要
おばの遺産を相続する必要
ベランダ、海、ほほ笑みの必要
ものぐさの必要

すでにひとすじの河と目されたからには流れ続けるしかない
世界はいつもいつまでもこのようなもの——
観音ははるか遠くの山の上
ケシはケシ畑の中

大佐

あの純粋さは別種のバラ
炎の中から誕生する

蕎麦の畑でかれらは最大の会戦に遭遇し
彼の足の一本は一九四三年に訣別した

彼は歴史と笑いを聴いたことがある

不朽なるものとは何か

せき薬カミソリ先月の家賃はかくかくしかじか等々
妻のミシンの細々とした闘いの下
唯一彼を捕虜にできるのはただ
太陽だけだと彼は思う

旧劇女優

十六歳の彼女の名前が城《まち》を流浪する
悲しみ痛むような韻律

あの杏仁色の両腕は宦官に守られるべきもの
ちいさなたぶさよ、清朝の人々はそれに心を砕いた

玉堂春だろうよ
（夜々劇場を埋める瓜種をかじる顔！）

『苦しいよ〰〰』
両手に枷《かせ》をはめられた彼女

人の言うことには
佳木斯《ジャムス》で白系ロシアの将校と暮らしたことがあるそうな

悲しみ痛むような韻律
婦人たちの誰もがどこの城《まち》でも彼女を呪っている

訳注――「玉堂春」は秦腔劇の一つ。蘇三という妓女を中心とした裁判事件を脚色したもの。

短歌集

寂寞

隊列を組んだ書籍たちが次々と
書斎から跳び出しては
塵や埃をふるい落とし
自分に聞かせるために自分で吟じ歌い始めた

虫干し

一匹の麗しい銀色の紙魚《しみ》が
「水経注」の中から泳ぎ出る

訳注――「水経注」は中国古代の地理書。

流れ星

瑠璃の灯籠を提げた艶めかしい女官たちが
ひっそりと天の川を歩いて渡る
彗という名の娘が
アッと一声すべってころんだ

神

神はひとりぼっち
教会の楕円の窓に腰を下ろしている
祭壇を牧師たちに乗っ取られてしまったから

深淵

わたしは存在したい、ほかには何もない。と同時にわたしは存在の不快に気づく。
――サルトル

子供らはいつもきみの髪のいばらに踏み迷い
春の初めての激流は、きみの荒れ果てた瞳の背後に隠れている
歳月の一部が呼びかけている。肉体は闇の夜の祝祭をくりひろげる。
有毒な月の光の中、血の三角洲で
あらゆる魂がかま首をもたげ、十字架の上に垂れた一個の
やつれた額に飛びかかっていく。

それは荒唐無稽な話だ……スペインでは
人々は婚礼の安っぽいビスケットひとつ彼に投げ与えないのだ！
それゆえ我らは一切のために喪に服する。とある朝を費やして出かけ彼の裳裾に触る。
それからは彼の名は風の上に書かれ、旗の上に書かれる。
それからは彼が我らに投げ与える

彼が食べ残した生活を。

見物に、憂いの振りをしに、時間の腐った匂いを嗅ぎに出かける
もはや知るのもおっくうだ、我らが誰なのか。
働き、散歩をし、悪党に敬意を表し、ほほ笑みそして朽ちはしない。
やつらは格言を握りしめる者たちだ！
これが日々の顔。あらゆる傷口が呻き声をあげ、スカートの下は病原菌がうようよ。
都会、天秤、紙の月、電柱の言葉、
（今日のポスターが昨日のポスターの上に貼られる）
冷血な太陽が時折震えている
ふたつの夜にはさまれた
青白い深淵の間。

歳月、猫の顔をした歳月、
歳月、腕に貼りついて、手旗信号を送っている歳月。
ネズミが哭く夜に、とっくに殺された者がもう一度跡形もなく殺される。
やつらは墓の草で蝶ネクタイを結び、歯のすき間の祈禱文を嚙み砕く。
ほんとうに天高く昇ることができ、星々の中で、

きらめく血の中で彼のいばらの冠を洗う首などありえない、
　一年五季節の第十三の月、天国は下にある。

そして我らは去年のカトリガの碑を立てる。我らは生きている。
我らは鉄条網で麦を煮る。我らは生きている。
広告の悲しい韻律を通り抜け、セメントの汚れた影を通り抜け、
ろっ骨の牢獄から釈放された魂を通り抜け、
ハレルヤ！　我らは生きている。歩き、咳込み、言い争い、
面の皮を厚くして地球の一部分を占拠する。
今死につつあるものは何もない、
今日の雲は昨日の雲の引き写し。

三月ぼくは桜桃のかけ声を聴く。
何枚もの舌が揺れて、春の堕落を差し出す。青バエが彼女の顔を囓っている、
チャイナドレスのスリットがすねをのぞかせしなをつくる……人が彼女を読み、
彼女の体内に進入して働いてほしいのだ。そして死とこれとを除いては、
定まったものなど何もない。存在は風、存在は脱穀場の音、
存在は、彼女ら——くすぐられたい者たち——に

夏いっぱいの欲望を注ぐこと。

夜ベッドはそこここで深々と陥落する。ガラスの破片の上を歩くある種
熱病を患った光の響き。強制された農機具のでたらめな耕作。
桃色の肉の通訳、口づけでつなぎ合わされた
恐るべき言葉……ある種の血と血の初めての出会い、炎、そして疲労！
急に彼女を押しのける或る姿勢
夜、ナポリでベッドはそこここで陥落する。

ぼくの影の尽きるところにひとりの女が坐っている。女はさめざめと泣き、
赤ん坊は蛇イチゴとユキノシタの間に埋められ……。
次の日我らはまた雲を見に出かけ、笑い声をあげ、梅ジュースを飲み、
ダンスホールのフロアで残された人格を蕩尽する。
ハレルヤ！　ぼくはまだ生きている。両の肩に首をのっけて、
実存と非実存とを、
ズボンをはいた顔をのっけて。
次は誰の番なのか知らない。教会のネズミかも、あるいは空模様かも。

我らは久しい間恨めしく思い続けたへその緒とはるか彼方から別れを告げた。
口づけを唇に掛け、宗教を顔に印し、
我らはめいめい棺の蓋を背負って遊び呆ける！
そしてきみは風、きみは鳥、空模様、出口のない河。
立ち上がった屍の灰、未だ埋葬されていない死。

誰も我らを地球から引っこ抜きはしない。両の目を閉じて生活を見る。
イエス、あなたは彼の頭の中にはびこる草木のつぶやきを聞いたのか？
ビート畑の下でこきおろす者がいる、テンニンカの下で……。
なかにはトカゲのように色を変える顔もある時、激流はどうして
川面に映る影を結ぶことなどできよう？　彼らの眼球が
歴史のもっとも暗いあの数ページに貼りついている時！

そしてきみは何者でもない。
手にした杖で時代の顔を撃ち杖を折る者ではない、
曙の光を頭上にまとって舞い踊る者ではない。
この肩のない都で、きみの本は三日目にはもう搗きつぶされ紙の材料となりはてる。
きみは夜の色で顔を洗い、影と決闘する、

きみは遺産を喰らい、嫁入り道具を喰らい、死せる者たちのかすかな叫びを喰らう、
きみは部屋から歩み出る、また入る、手をもみながら……
きみは何者でもない。

どうすれば蚕の足に力を与えられるか?
喉に音楽を注射し、盲目の者に光の輝きを飲み尽くさせよ!
種子を掌に蒔き、両の乳房の間に月の光をしぼり出す、
――このきみを幾層にも囲んで自転する闇夜にもきみの占めるべき部分がある、
なまめかしくも麗しい、彼女らはきみのものだ。
一輪の花、一壺の酒、ある夜のベッドのからかい、ある期日。

それは深淵、枕としとねとの間にあって、弔いの聯のように蒼白。
それは柔らかな顔の娘たち、それは窓、それは鏡、小さなコンパクト。
それは笑い、それは血、解きほどかれるのを待つ絹のリボン!
その一夜、壁のマリア像は額縁が残されただけ、彼女は逃げた、
忘却《レーテ》の川を探しあて耳にした辱めを洗い清めに。
それは古い物語、走馬灯のような……官能よ、感覚の官能、官能よ!
朝早くぼくは籠いっぱいの罪悪をかかえ街から街へと売り歩き、

太陽が麦の穂ののぎをぼくの目に突き刺す。
ハレルヤ！　ぼくはまだ生きている。
働き、散歩し、悪党に敬意を表し、ほほ笑みそして朽ちはしない。
生きるために生き、雲を眺めるために雲を眺め、
面の皮を厚くして地球の一部を占拠する……
コンゴの河辺に雪橇が一台停まっている。
どうしてそんなに遠くまで滑っていったのか誰も知らない、
誰も知らない雪橇が一台そこに停まっている。

鄭愁予

ギョン・チョウユ／てい しゅうよ／一九三三年生まれ

小さな城《まち》

（一）錯誤

——わたしは江南を通り過ぎる
あの季節の中に待つ顔《かんばせ》は蓮の花の開き散る姿

東風《こち》は来たらず、三月の柳絮は飛ばず
きみの心はあたかもちいさな寂しい城《まち》
まるで黒い石を敷きつめた暮れかかる街道のように
足音も響かない、三月の春の帳《とばり》は掲げられず
きみの心はちいさな窓の扉、きつく閉じられている

わたしのカッカッと鳴る馬の蹄は麗しい錯誤
わたしは帰り来る人ではない、通りすがりの旅人……

一九五四年

(二) 旅人がやって来る

三月がこの小さな城《まち》に行幸《みゆき》され、
春の装身具が積まれ綴りあわされる……
ゆったりと流れる水は帯のよう、
石橋の下で結び目を作り、そのうえ
水面に映るあの旧い城楼の影をしっかりとつなぎとめる、
三月の緑色は流れる水のよう……

旅人がやって来る、小さな城のひっそりと静かな路地
旅人は門の下、銅の引き環《わ》を軽く叩けば鐘のように響く
満天に吹かれて飛ぶ綿雲、そして階《きざはし》に散り敷く落花……

辺境の酒屋

秋の日の国土、は同じ夕陽の下に境界を分けている
境界の土地、にいくばくかの黄色い菊の花が静かにたたずむ
そしてかれは遠い道のりをやって来て、冴え冴えと酒を飲む
窓の外は異国

またぎ越えたいとしきりに思う、その一歩がたちまち郷愁となる
あの麗しい郷愁、手を伸ばして触れられる

あるいは、そのまま酔っ払うのもよかろう
(かれは熱心な納税者であるか?)
あるいは、歌声を吐き出せば
辺境にもたれてたたずむだけの

一九五四年

あの雛菊のように
終わらずにすむ

黄昏の来客

こちらへ馳せてきたのは誰だ
ここには炊煙がまっすぐ立ち昇っている
それに眠気を催す駱駝の鈴の音がある

きみは砂の平原からやって来た一人旅の者かもしれない
情愛に厚く、すがすがしく朗らかな
辺境の城《まち》の子供
きみは追放された憂いと憤りを抱いて
鞭のような両の眉をつりあげているのかもしれない
だが、きみにはあの軽やかな口笛がある

一九六五年

軽やかに——
重たい黄昏を捲きあげる
わたしに火を灯させておくれ
夜警をする雁のように
きみを呼んで迎えさせておくれ
だがわたしはすでに年老いた旅人
そして老人の笑みは生命の夕陽
ひとり飛ぶ雁は愛の隕石

一九五一年

優曇華《うどんげ》

この時わたしは盲目の人
妻女が細やかに語るひとひらの優曇華の花開くさまに耳を傾ける
そして聴覚をへめぐり探る
耳に留めた花弁の咲き開く音

やがて星の落ちる音を見つけ
虹が消える音を見つけた
(その花びらは急に萎れる……)
わたしはまたくりかえし聞いた
月が昇り沈む音

しかも　わたしは身を起こし
ゆっくりと盲目の瞳の向きを変え
あの潜入して花を喰う牧神を追い求めた
こうしたことを
妻女と優曇華は
どうして知りえよう

一九八二年

優曇華が再び咲く

誰も聞きうる者はいない
夜を連ねて大雪が舞い落ち
高い崖を覆って積もる
幾層にも羽根のように

そして女体の白鳥のような立ち姿に似て
五尺の純白が
しとやかに崖に臨む
それは雪崩《なだれ》の用意
アァッ――
ふいに跳び降りる
胸を突いてほとばしった
　　　　　　このひと声
雪崩が始まる……

この時わたしは盲目の人
わたしだけが聞くことができる
一寸を以ていかにして五尺を震わせ裂け割らせたか
うちふるえて花が開く……

群山は峰々をそびやかし
雪がしんしんと降りそそぐ
盲目の人　はそこではじめて坐った姿勢をかすかに変える

一九八三年

衣類と身の回りの品

——絵に題す

海鮮の料理を食べ終え　昼の食事が終わる
上着はまだ椅子の背に掛けられたまま

陽光が斜めに射しこむ
あの婦人は身を起こし肌着の方へと向かう

ベッドの空いたところには
内着であろうか　纏綿と描かれた線
人倫を具え　しとやかな　それら折り畳むべきではない
意味　絨毯の上には
別のもうひとりの衣類と身の回りの品なのだろうか
落下して死んだアライグマのように静かに横たわっている
おそらくその時は
音もなくうちすてられたのだろう

陽光が斜めに射しこむタンスの
暗い片隅　明らかに
あわてふためき引きちぎられたふたつの
銅製のボタン
あの婦人はもちこたえている
一匹のうずくまり

様子をうかがうオス猫
突然　タンスから手が伸びて
あの婦人の腕をとり踊り始める
あわてるな　彼女はまだ衣服を身につけていないのだ
陽光の中に踊り入った時
オス猫ははっきりと見た
彼女の透明な氷のような体の中には
あの青い魚が凍結していたのだ

一九八三年

苦力《クーリー》長城

朝起きる　太陽がまだ昇らないために
天地はことのほか広々としている
長城はひとりの荷かつぎ人夫が群山をかついで
地平線をゆっくりと足元をたしかめつつやって来るかのようだ

風　は凍結して樹木となり
羊は裂かれて衰えた草となる
ひとすじの煙は伝わらない音
長城は荷物を下ろしてもう前には進まない
群山は縁取りのレースのように続き
雪はフェルトのように降り積もり
流砂が凝固する

昼時　小さな点となって飛び旋回する鷹やはやぶさ
天地がたえず食い違いをみせる
樹木は揺れる風に返り
衰えた草は集まって羊となる
ひとすじの煙は煙のまま
流砂は河の水
雪が河に舞い落ち　融けて消える
いくばくかの出し違えた手紙
寂しさは今に至るも消えない

無事であるか否かはすでにどうでもよい

長城──
フェルトに横たわる苦力《クーリー》
明日もやはり同じ荷をかつぐ

山鬼

山中にひとりの女がいた　昼間はとある商業会議の秘書
夜の間は鬼　ひとそろいの薄絹を身にまとい小道をそぞろ歩く
気持の通う少年に出会うのが夢　金持ちになる秘策を彼にさずけ
体をゆるしもしたいと　鬼であるがゆえに
何の痕跡も残らない

山中にひとりの男がいた　昼間はとある学校の美術教師

一九八九年

夜の間は鬼　フランネルに身を固め小川の岸に座り続ける
鬼であるがゆえに　何をしたいとも思わず
誰に会わずともよかった

ふたりの異なる思いを抱いた山鬼をわたしは毎晩見かけた
それゆえはるか高い窓には灯火があるのだが点《とも》さなかった
かれらが結婚するはずはないそれが自然の掟《おきて》だと知ってはいたが
しかし、もしかれらが恋に落ちたら……
一夕の深い愛情はまさにあのたゆたう霧と不動の岩ではないのか

一九八四年

訳注――中国で「鬼」は「亡霊、幽霊」の意味。「山鬼」は山中に棲む幽霊、妖怪。

白萩

バイ・チウ／はく しゅう／一九三七年生まれ

人有り

多くの蟬が騒がしく鳴き
一匹が沈黙する
多くの蟬が沈黙して
一匹が高らかに鳴く

人有り

遠い空に向かって
自分を呼ぶと

自らの大声がもどってくる

領空

——韓国の旅客機がソ連領空で撃墜され、ソ連の爆撃機が台湾上空を通過したことを読んで

レーダーの上に
突然、目的不明の点が生存権の区域内で光りだす
(一頭の「オス」のゾウアザラシが雌の群のなかから身をもたげ向かってくる。
一頭のオスらしい干渉)

誰もが
自由の平面の上で境界を引き
共有する世界を分割している
生きるための力は
境界の見えない空で
こんな風に宣言している

（一羽の鳩の飛行にも
　一羽の鷹や鷲の飛行にも
　それぞれの道がある）

これらは
レーダーの上で濃縮され
経度と緯度、国家の面目となる
見張りとなって、生存のための拠り所となる
（ああ、隣の朝顔が
　公然と籬《まがき》を越えてきている）

レーダーの上で
皆このように目的不明の点が
光りだした
問題は
（一羽の飛んでいる鳩が
　鷹の領空で攻撃され
　一羽の鷹が鳩の領空で飛びながら

護送された）

真夜中に
阿火《アーフオ》は怒って家に帰った
丸一日の生活時間と
五ドルの代価を払って
百万匹の小さな蜜蜂を
電子ゲームの領空で打ち落とした

雁の世界とその観察

観察者

1

比例尺で地図の上を測り

彼らは、ルートにもとづいた
君の時間をはじき出す

伺う眼は望遠鏡を透して
音もなく近づき
君の言行を偵察するのだ

更に飼いならした雁に
盗聴器を付け
君たちの列に飛ばして入りこませる

各地の偵察地点では
君の飛んだルートに従って
速やかに通報され連係されていく

邪魔されない時間と地点から
君に気づかれずに追いかける
彼らは早くからもう準備している

2

秋の日の沼沢に
陽光は偽善的に影をおとし
無風の企みは喧騒を固めた

何事もない水面《みなも》で
彼らは君のイメージで
君の同胞を複製した

或る者は空に向け首をもたげ
或る者は啄むために水に入り
そして或る者は肩を並べてこすり合う

自由に勝手に浮遊している
これはただ木彫りの雁が
眠ることのできる楽園を作りあげただけだ

だが、銃の照星は草むらからねらい
猟犬はひそかに隠れている
ハンターは息をひそめて待機している

3

ゆるく広がった隊列
広大な空は君たちを呑み込み
雲とともに前を追いかける

心のなかのルートにしたがい
間違いなく計算した空に
彼らは現れる

すると、林の上に鳴き声がつんざく
ああ、奴らは遂に君の言葉まで模倣して
君達の行列に向かって呼びかける

同じ周波数と同じ調子で
君の血管の中を貫き
視線を同胞の方に向けさせる

そこで、群を率いて翼を収め、降りて行く
静かな沼沢はざわめき始め
湖の満面に夕日が燦々と輝く

4

梢の上で、沈黙し
展望台の上でしゃがんで監視しているもの
樹木の背で沈黙して
そっと覗く単眼の銃身
草むらで沈黙して
偽装した丸木船で命令を待っているもの

驚いて騒がず、ただ君達が降りて来るのを準備する
邪魔しないで、ただ君達が眠りに入るのを注視している

いろいろな方角や角度から
眼を注ぎ
一面に無形の包囲の網を織りなし
ただ一声が発せられるのを待っている
だが、その命令の一声はなんとまた雁の声の
短い欠伸だった

5

　　彼らは
　卓越した
　　ハンター
　一発で
　　一つのいのち

一声
一輪の生け花が
破裂し
突き破られる
夢
切り裂かれる
理性
撃ちこわされる
良識
熱い血が
たぎり
こぼれて
冷たい水のなかに注ぐ
激しいさざめき
包囲殲滅

生命の浪費

祝典

君だけが
幸《さいわい》に
飛び抜け
天空の深きところ
ひとり鳴き叫び
消えていく

受難者

夕陽が右の翼に落ち
新月は左の翼を軽くして
無形の軌跡に飛翔し
振り向けば、始まりから五千年
黙禱した仲間はどれだけであったか
前を見れば、無窮を通り抜ける
ただかたちの続く事を祈る

一羽は単一で飛び
二羽は肩を並べ
三羽は列をなし
四羽は隊列を組む

一羽は
独りで飛び
生の根源に飛び
悲壮なさだめの中で飛ぶ
日と月を担い

疾風が地をさらえば
身を奮い無形の軌道を
飛翔していく

風に従って退く
志の無い雲とは違うのだ

李魁賢

リー・クイシエン／り　かいけん／一九三七年生まれ

鸚鵡

「ご主人様は良いお人！」
ご主人様がわたしに教えたのはこの言葉だけ
「ご主人様は良いお人！」
朝から晩までこの言葉を習い覚えた

お客人が見えた時には
声を張り上げる……
「ご主人様は良いお人！」

ご主人様は喜んで
おいしい餌をはずんでくれる
お客人もお喜び
おりこうさんとおほめの言葉

ご主人様は時には
得意げにこうおっしゃる……

「言いたいことがあれば遠慮せずに言ってごらん」

わたしはやはりくりかえす……

「ご主人様は良いお人！」

一九七二年

輸血

鮮血がわたしの体内から抽出され
他人の血管に送りこまれて

溶け合う血の流れとなる

わたしの血が他人の体の中を流れる
名前も知らない他人の体の中を
名前も知らない土地で

鮮やかな花と同じように
人知れぬ山の斜面に咲き
わたしの心に
喩えようもない美しさが綻《ほころ》び広がる

名前を知らない土地でも
大規模な輸血が行われる
集団の死傷者の体から

生気を失った土地へ輸血され
太陽が照り輝くことのない場所に
むなしくふぞろいな地図を赤く染め上げる

アジア、中東、アフリカ中南米
一滴のほとばしる血の跡
それは風に散る一枚の花びら

一九八三年

留鳥

わたしの友はまだ監獄につながれている

渡り鳥に倣って
自由な季節を追い求め
生きるのに適した新たな土地を探し求める
そんなことをするよりもむしろ
軟弱な郷土を育み恩返しをしたいと願う

わたしの友はまだ監獄につながれている

翼をおさめて失語症の留鳥となり
言葉を棄て、それに
海抜の記憶も棄て、それに
風に乗る訓練も棄てて
むしろ
郷土の軟弱を反すうしたいと願う
わたしの友はまだ監獄につながれている

一九八四年

ビンロウ樹

キリンと同じように
層雲の中の自由な天体を探し求めて

けんめいに背高く成長する

変わることのない信念
手も手をとおす袖もなく
一本の足でひとりわたしの土地の上に立つ
風が吹いても体を揺らして踊りはしない

愛はわたしの背の高さのように
誰もひき比べることなどできはしない
わたしのゆるぎない姿が
かれに知らしめる
わたしはいつでも待っていることを

わたしは遊牧の暮らしに厭きたキリン
天地の間に立ち
緑色した世紀の化石となる
積み重ねた時間の紋様をまとい
わたしの一生の

朽ちることのない探求の軌跡を
刻みこむ

一九八四年

歳末

きらめく夜景が飾り立てた
祝祭は目に見えない

反射するガラスの塀に囲まれた室内
コーヒーの濃い香り
政治　革命　愛　性
絡み合った熱っぽい話題が
心を暖めている

街《まち》に出て

歳末の冷たい風に吹かれ
心はしだいに冷えてくる
足はしだいに重くなる

残された鉄条網は
安全地帯に引っ掛かったままだ

一九九一年

三位一体

あなたを抱《いだ》けば
乳香の匂いがする
まるで庭のハクモクレンが
わたしの朝早くに
命のまことの意味をさずけたかのように
あなたが蔑まれることは許さない

あなたはわたしの母なのだから

あなたを抱けば
鼓の音がする
まるで野山に咲き満ちるツツジが
わたしの午後に
命の麗しい旋律を撃ち響かせるかのように
あなたが侵されることは許さない
あなたはわたしの恋人なのだから

あなたを抱けば
露の滴りが聞こえる
まるで幽谷に初めて咲きほころびたユリの花が
わたしの黄昏に
命の純潔な馨《かぐわ》しさを吐露するかのように
あなたがつらい思いをさせられるのは許さない
あなたはわたしの娘なのだから

一九九二年

アテネの神殿

ドーリア式の巨大な柱が支えている
一片の神話の空
だが神話は浮雲のように漂い過ぎ
巨大な柱が残され
歴史の廃墟を支えている

歴史の饗宴に間に合わなかった
現代の観光客
続々と巨大な柱の下の廃墟につめかけ
自分のきどったポーズを
歴史のスナップ・ショットに映し撮る

みんなそれぞれ違った角度から

神殿の遺跡を注釈してみせる
唯一変わらない世俗の空の下
神はとっくに居場所を失い
歴史の片隅に身を隠す

一九九四年

ぼくは自分を取り消す

ぼくは自分を取り消す
ぼくはきみの言葉の中に存在しない
きみの歴史の中の自分の影を抹殺する
ぼくはきみの夢に現れることを拒否する
きっぱりと自分を取り消す
他者となる　無になるのではない
異なる流域で
まだ明らかにならない孵化の間に

やがて驚き醒める時間の地表の下に
自分の生を埋め
毒性の腐った空気をやりすごす
きみの言葉の中にぼくは存在しない
きみの歴史の中にぼくの影はない
きみの夢にぼくは現れない
まだ明らかにならない別の流域で
異なる時間の驚きの内にやがて孵化する
取り消してついには
ぼくの言葉の中にきみは存在せず
ぼくの歴史の中のきみの影を抹殺し
夢にきみが現れるのを拒否する
ぼくは自分を取り消し
ついに　ついにきみの全体系を取り消した

一九九五年

張香華

ギャン・シアンホア／ちょう　こうか／一九三九年生まれ

海との対話

——九十四歳の高齢の日本人舞踏家、大野一雄に捧げる

一面の果てしなく広大な
　紺碧の大洋を生むために
海潮は岩壁の下で、一晩中ざわめき騒いだ
暗くなってから夜が明けるまで
私は部屋のなかで襖をしめて
もう明かりを消しているのだが、まだ眠りに入らず
枕にもたれて、海と対話を願う
まだ彼女の言葉は生まれていない

数えきれない歳月が過ぎたが、母胎のなかであと
どれだけ待つのだろうか？
まるで、戦場で両軍が挑発をしているけれども
戦闘《いくさ》がまだ勃発していないようなもの
妊婦の分娩前のうめき、部屋の外では家人がやきもき
辛抱して待つ、長い待機だ
四季の錯乱した星辰《せいしん》が
正確な方位をさがすのを待つ
舞踏家として九十四年の風塵を越える大野は
即興の演出で、そっと一本の指を立て
ふと、満天に燦《きらめ》く美しい花火を打ち上げた

原注——大野一雄氏は日本の著名な舞踏家である。今回の東京での二〇〇〇年世界詩人祭で主催者が彼を特に招待し、会場で演じていただいた。氏は九十四歳の高齢でなお芸術界で活躍されており、誠に驚くべきことである。氏が舞踏をする時に、その身体から発する言語は会場全体を更に感動させた。

夏至

春が去ったあと
水面《みなも》の波には、その跡もなくなり
春の散策も似合わなくなった
青葉はあっという間にその色を深めてしまった
自然のわざはもうひとつ絵の具をもっているのかしら
どうして、天地はそんなにも急いで幕を換えるかしら
天の神様に掛け合えないかしら
大地と相談する余地はないのかしら

ほんとうに、待ってみてもいいのでは?
待つひとに福あり
ゆっくり河を渡ることもできるし
旅立ちの時の忙しさを忘れて

河岸の風景をゆっくり味わえる
長く会っていない友人を想い
透き通った羽の赤とんぼが
ぽかぽかした水草の上に
止まるのを待ち望むこともできる

切り刻まれるような冬の日ははるかに遠くなった
はるかに遠くなった……でしょう?

椅子

椅子がひとつ、部屋のなかで
午後の陽光の下で佇み
彼女をお目当てにしている人が来て座るのを待っている
時間が擦《こす》られ、打たれて蠟のように
光っている

その人がどんな格好なのかまったく思いつかない
ありふれた生地のカーキ服？
風にそよぐ薄絹のスカート？
フランネルのストライプのズボン？
それともストーンウォッシュのごわごわしたジーンズ？
なんの予告も、きざしもない

大股で歩む長針と小走りに歩いて追いかける短針
陽の影が傾いていくうちに
椅子はくねりながら、形を変え
その脚は細長く痩せて、幻想的に長くなる
ドアはかたく閉ざされ、半分だけ窓が閉じた部屋で
通り過ぎるものはいず、全てが静かで沈黙している
ただ椅子の脚が伸びつづけるだけで
部屋の外にまで、今にも出ていこうとしている
椅子は逆転した夢想を続ける
黒い影がひとつ、不意に窓の外から飛びこんできて

トンと音をたてて、椅子の上に跳びあがった
ゴロゴロとのどを鳴らす音に
椅子は驚きながらも了解し始めた
あらわれたのは、彼女がまちわびていたお上品で
寝てばかりの、気ままな一匹の
猫である

途《みち》で遇う

——これらの光景はすべてひとつひとつ起こった

大通りを歩いていた人の
口のなかで歌っていた曲がぐっしょり濡れてしまい
風と雨がちょうど、その人の肩を擦《かす》っていった
ブルーグレーの海鳥が一羽
旋回している空から急降下して

誤って地下の車道の迷路に入りこんだ

鮮やかな色の蝶が
街路樹の上で小刻みに羽を動かして
満面無辜の風情で困惑している

ひとひらひとひらの綿毛が
毛玉のようになって大通りにそってゆらゆら吹かれる
その前に、往来する車をそっと撫でていった

何が書かれているかわからない
一枚の紙が吹かれて揚がったり墜ちたりしながら
ざわめいてた乱雑な繁華街を幻想的に浮遊する

この通りで
そんな光景が
すべてひとつひとつ起こったのである

大砂漠に屹立する雄壮なレリーフは
千年後の人々が往時をしのぶために供され
今はもう、風に吹かれて磨耗した

そこでも、多くの光景が
またかつて、ひとつひとつ
起こったのである

黄色い蝶

たとえ、これらを微細に訴えても
どんなに深くあなたを記憶しているか私に伝えられるだろうか？
この春、一番の便りをもってきた黄蝶《きちょう》よ
群がる無数の花の蕊《ずい》の中心で
ひらひらと拍《う》つあなたの翅《はね》をどのように覗きみただろう　あの時
私がちょうど、頭をもたげて園林の方を望むと

あなたはそんなにも麗しく、壊れそうに弱弱しく、まるで
一枚の薄紙が装丁から抜け落ちるかのように、不安に震え
古くて破れかけた重厚な時間の書から
ひらひらと落ちていった

その刹那、陰が止まり雲が飛散した
あの心がおどる麗しさは
一生のうちで、そんなに出会うものではなく
息をひそめて、ただじっと窺うのみ
あなたはその複眼とあざやかな衣で
コンピューターのスキャナーのように
天地のあらゆるところに網をめぐらし
一切の侵入するまなざしを厳しく防ぐことができるのだろうか?
あなたの世界は百輪の花の蕊
玉のような露の粋、この世の天界
そして私はこの俗世の塵芥に属している
今はもう、秋も近づき冬も遠からず

小川が涸れ、水が落ちて石が現れている
枯れ衰えた一本の指が
大地のすべての彩りを終わらせ
最初に着いた便りは、一番早く退場しなければならない
これが、もともとの天地の間のかわらぬ常《つね》
あなたは、こっそりと、世界のどの隅に入りこんでいるのだろう?
あるいは、どんな記録に残っているのだろう?
でも、かつて早春に現れたあなたは
罪と罰の私の人生のなかで、少しだけあったご褒美なのだ

訳注――黄色い蝶、いわゆるキチョウ類は成虫で越冬するといわれ、早春の風物詩である。

掛け違った電話

最初に間違った番号に掛けたとき
日常の、よくある間違いだったので

「すみません」と一言
すぐに電話を切り
別に不審なことはなかった

二回目に間違ったとき
あるはずのない偶然で
適当に言葉を濁して、すぐにまた電話を切った
鼻の頭には汗が浮き出し
額は雨になりそうなほど、蒸し暑くなった

再び掛け違ったとき、また同じ人が受けた
もう言葉もなく、無言で対するのだった
えーえー、あー？　あー？
自分の行き詰まった呼吸に拍子を打って
何も言えない

複雑に錯綜した原因から
出てきたのはなんと、まったく同じ結果

磁場のなかのもつれた奥深い妙と
はっきりしない雑然とした乱れ
先に下された原因が、後からやってくる結果

麋鹿《びろく》はどのように、森を通って
清らかな泉のある谷に駈けて行くのだろう？
どのように朝陽がやわらかに広がった大地に駈けていくのだろう？
大地に花を開かせ、湖水が緑に転ずるのを見る
他は、どれも大したことではない

楊牧

ヤン・ムー／よう　ぼく／一九四〇年生まれ

学園の樹

長い回廊のおわり、冬陽が傾いて
暖かで静かな半開きの多くの窓に
曲がりくねった凶暴な緑が入り込んでいる
僕は身を曲げ詳しくその木を調べる
暴力と同情の間のようなかたち
一組の持続して成長する隠喩
葉蔭は激痛のなかで、英雄が覇を争うかのような姿勢で
牧歌と抒情詩の芝生の上を穏やかに覆う
息をひそめて落ち着くと数えきれない黄金の鳳凰の眼が

空にゆっくりと漂う魚状の雲を眺めていた　ちょうど
大航海時代の長い節制した探検の途中にあって
甲板に入り乱れて立つ水夫のよう
静かな蒸し暑い海面を凝視する、北回帰線の南
南回帰線の北では、期せずして
一群の季節性の水生民族が
沈黙して西に泳いでいた

「きれいな色の蝶！」一人の少女が驚いてささやいた　振り向くと
彼女はいとおしそうに（きっと教授の娘だ）
半開きの窓を見つめて云った
「あんなきれいな色の蝶がほしいわ……」
私たちは、夢心地で両翼を閉じて休んでいるパンジーに近付く
「あれを捕まえて、軽く本の中に挟むのよ、痛くなんかないわ」

痛くはない、だが死ぬだろう
魂が失われ、乾燥した鮮やかな衣を残して
本のページの抱擁のなかで文字に密着して

必ずしもわれわれが望む同情や智慧の中で生きてはいない
ぼくはうつむいてその少女を見た
淡い黒髪に薄い眉　いつか
彼女は書物の中で成長して、窓辺に寄りかかり
高く伸びた木に気がつき
同情と智慧を訴える無数の手ぶりに驚くだろう
鳳凰の眼は依然、空の雲を仰ぎ見ていて
歳月はその眼を柔和な表情にさせる
たなびく旗、春の風の中に群をなす鮮やかな蝶のように

「その時、もうぼくは老人だ」
「でもいつまでもあなたを覚えてるわ」

彼女は半開きの窓に向かって、楽しそうに笑って云った。
「シャボン玉がつながったのを見たい?」

長い回廊のおわりで、冬陽が斜めに差し、暖かで静かだ
少女はひとつながりの鮮やかなシャボン玉を作り

虚無に向かって吹いた　薄い幻影は
一面に猛々しい緑で覆われた庭にはいり、ちょうど
きらめく日光に瞬間、まばたく美しい眼のように
風のなかに消えていった
両手を欄干にかけ、外を見ると
つぎつぎと連なったシャボン玉が眼前を過ぎ
その樹はまさに悲壮ななかで高い処から葉を落としている
もうその時は我々は老人だ
乾燥した鮮やかな衣を失い、ただ覚醒した魂のみが
書物に抱かれ文字に密着して
我々が追い求める同情と智慧のなかで生きているだろう

一九八三年十一月

浜辺からもどって

暮色が浜辺から戻ってきた

夏は岩礁の中に隠れている
海原のなかで、夏は依然自分の名前を囁いている
ぼくは思いを寄せざるを得ない
季節の移り変わりの秘密、時間の停滞
それに、歳月の真偽の問題に――
時代の循環によって出来た傷、そして聞こえてくるのは
俳優達が雑踏の中でバスに乗り込み
何人かの臨時の役者たちが道具を片付けている音
歴史は血と涙の物語が繰り返されるのを許さぬ
この感動的な劇はとにかく日が暮れる前に
終わりを告げなければならない　そしてまたこの時間ぼくには聞こえる
兵営の中の黄昏のラッパが遠い不安げな海潮の音に蓋をするのが

一九七八年九月

復活祭の翌日

復活祭の翌日
私はひどく彼と、その無神論を懐かしむ
鳩が数羽、鉄窓の外を飛んだ
階下で一声ずつ大きくなる声
牧師の一人娘が喧騒を集めて
広場へ歩いて行くところだ
私の机上の慎み深いユリの花は
伝説の中の
あの白鳥やカボチャや国王の鹿のように
私の胸を張り裂く　昨夜
その花をもって路地の入り口まで歩いたとき、聖書研究会は
まだ歌っていた　灯火と音楽は同じように貞淑で勇敢であり
昔、よくわからない頃

いかにしてイエスが目覚め、復活して昇天したかについて告げていた
今日は復活祭の翌日
だが私はこのように意外にも
絶望的なまでに
ひどく彼の無神論と彼自身を懐かしんでいるのだ

一九九〇年四月

水の精

もし過去がけっして現在を生んでいかないならば——
海潮は、その満ち引きの際に
ほとんど音もしないだろう　ぼくには見える
一人旋回する踊りを前にして
現在に入るために
未来で、まぶしい五色の石を見下ろし
予言をするしぐさで右手の指先を一点に垂らす

九十度に屈折した先は無限に至る　水の精よ
ぼくには見える――白波がめぐるとき、幾層もの
閃光が細かい沙を磨いて下に滑らせ、ひそかな響きをたてる
ちょうど、我々のちいさな塵のようないのちが
永遠に離れていくかのように、高踏な姿勢で
ぼくには聞こえる――あなたが受け入れた嘆きやたくさんの愛はもう二度と感じられないのを

水の精よ、ぼくは感じるのだ――一面の巨大な網が
かつて宿命の風にゆらぐ煙のように、あなたを
その速度の中心でとらえ
静止する
だが、ぼくは思う――その寂滅に近づいた動きは
自己と身体の対話であり
時は限りなくやわらかであたたかく、平衡と平衡を求める方程式では
麗しき美を許すのだ
――ちょうどサフランが何度も破裂して、苦しみが
露のしたたる季節をもちこたえるように
雲が空で舞の衣をそろえ、魂を試みに探すために傷をうけるように――

循環し、分解し、胞子の力で再生することを

水の精よ、不断の螺旋状の音波で
重なるようにきらめく星図の中央で、ぼくには見える
多くの大気の精霊のそれぞれが
復活して再びやってきたシャチの背に乗り、遠くはるかに
今昔の歌をうたい、海面には
歳月によって剝落した白亜紀とジュラ紀が浮かび
あなたはそれらに背を向けて立ち、潮が
湧きあがり、回流するのに耳を傾ける――
顎は依然、水平で、サフランは季節にあわせて開き、目じりのしわがもどり
空では傷が癒えてふさがる
そして、あなたは自らの娘なのだ

一九九九年

舞う人

もっと高くても、あなたは多分、上っていくだろう
海芋《かいう》の花畑
はっきりしない温度差、灌漑のシステムとその他
旋回と静止との飽くなき連鎖を求めるために
水銀のような永遠の流動を包み込む
不安な魂は
まさに肉体に和解を示し
二月の桜が散る

訳注――「海芋」はカイウ。サトイモ科の塊茎を持つ多年草。

一九九九年

持碁《じご》

太陽は手抜かりで、一枚の碁盤を描く
びくびくして落とされる石の音、心境は縦横無尽で
しだいに企図した陣地が布かれる
孤独な心を越えてはるかに眺めるが
従来の意気込みの大半は、自己のなかに封じられている

偶然、失われた筋書に出会ったり
構成の縁がまとまらず、平静に
夕暮れの検査をして、もとにもどそうと試みるが
おもいどおりになるかはわからない
ちょうど一巻の金剛般若波羅蜜経のごとく

がっかりして、しばらく坐り、無になって待つ
真っ暗な夜が襲ってくるとき、象徴の群が

予言のなかの去っては戻ってくる白鳥のように集結する
光かがやく主題はけっして
我々の考え過ぎのために圧迫、変形されたりしない

それで、無と有の間の局面では
すでに高々と成立しているのだ
黒石と白石は
物憂く食い違い、互いに回避している
有色と無色、有想や無情
ちょうど一巻の金剛般若波羅蜜経のごとく

一九九九年九月六日

客心《かくしん》変奏

大江《だいこう》は日夜に流れ、客心《かくしん》は悲しみ未だ央《つ》きず——謝朓

静かに凝視すれば、見よ
天体がいかに私の前をかわるがわる通りすぎるか
数えきれない色彩がいかに私の衰弱して弱りきった心を満たすか
いかに周囲に伝わる音が徐々に変化し、力強くなることか——
これは、競い合って射す光のそれぞれが私を制止しようとしているのか
心を集中しこの一切を捕らえて私の胸に集めよう　果たしてそれは
寂寞か、それとも哀傷か　この瞬間、私は

大江に面し、感傷的なしぐさで風に手をふり
朽ちかけた楊柳はあたかも雷光のなかで低く頭をもたげるかのよう
だが、私は独り、時間と空間がぶつかる一点に立つ
その灰色の髪はゆっくりと暗くなる空の方向に向かってさまよい
ぼんやりとしている　だが結局全ての得失はからっぽに過ぎないことを
肯定して妥協するのだ

大江は日夜に流れる
長く捨て置いた書と剣はそそのかすなかれ
左右をみると、ただ靄々とかすむ野に葦や荻が

わけもなく、頷いているのが見えるばかり　その刹那に
音と色が無くなり宇宙が感動して涙をためた眼をかがやかせて
私を見て、あらゆる場所の動力の因子をしっかりと捕まえるのだ
その慣性や造物主が駆使する意志で私がそそのかされないように
そして衝動的な冒険本能で

欲求や希望や
あるいはそれらすべてによって
私は暗黒のなかでため息をつくことも
流されて遠く遺棄され、愛と関心を剝奪された影のなかで哭くこともできぬ……
大江は日夜に流れる

一九九二年

訳注——「大江は日夜に流れ、客心は悲しみ未だ央《つ》きず」は謝朓（四六四—四九九）の「暫く下都に使いし、夜新林を発して京邑に至らんとす。西府の同僚に贈る」（『文選』巻二十六）の冒頭句。

崖の上

そして、ヒマワリが満開の崖の上に来て
　横たわると、早く来ていたシャコを一羽驚かせた
ぼくは遠い山を指差して云った、魅惑する雲
　ほら、見てごらん！　泉の水が滴っている　聞こえるかい、あの木を切る音

終日、私達は木を切る音を聞いていた
季節はちょうどはじまったばかり、森は茂り、深い
誰があの偉大な宮殿を通り過ぎていくのか？
誰が一千万の古代ローマの石柱と槍を通り過ぎ
　野性の狼が変身して、人間となるのを見て
　海を渡って黄金色の海岸に行くのか？

——潮が来ると、すこしばかり故郷がなつかしくなる
君は笑って、云った。でもあたしたちは只、ヒマワリが満開のこの崖の上で
寝そべっていて、ただどんな風に静かに老いていくかを想っているだけ

泉の水は滴り、何層もの岩石を貫いていて、ただあの遠くで木を切る音が聞こえるだけ
私達は高い場所で、抱擁して
火をおこして、狩をして、沐浴して、そして老いていく……

一九六三年

断片

雁が一羽、古池に飛びこんだ
いのちがその中に沈み込む
無名の峡谷と孤独な果実
深き混沌の中に少しばかりの未開の静けさ——
葦をかき分けて花を採っていた男が急に頭をもたげると
鷲の部落が見えた
空き地では積まれた松の木が燃やされている
小さな部落

百羽の鷲によって守られた部落
霧雨、疫病、迷信のなかに
トーテムとタブーが埋められた部落
ぼくはかつて見た事がある――山の背後の
谷川の向こう側、深い密林の中の部落
かつて叛乱と虐殺のあった部落
その歴史全体がほんの小さな哀しみの出来事にすぎない

風は時のため息、水面《みなも》には真紅の夕焼け
まるで山の背後のあの永久《とわ》に忘れられぬ血のような赤さ
ぼくは大樹にもたれて話すのだ
記憶のような大樹、そんなにも古く
そんなにも静かで峻厳として、しかも茫々とした中で
ぼくを支え、ため息をつかせ
その成長とどうしようもなさを感じさせてくれる
そして、ぼくは消えてしまった小さな部落の伝説を伝えるのだ

一九六四年

無題の律詩

君がぼくにくれるのは船いっぱいの
いつもまたたく間に変化する初夏
蓮の葉の間を滑りながら
最後には沈んで分解していく
水のなかの動物たちはぺちゃくちゃと音をたてて自由に
君の胸、腕、腰、そして腹を通りすぎていく
仰向いた死体は珊瑚と間違えられ
憎悪の水草、愛の水草の間
憎悪でもなく、愛でもない水草の間で遊んでいる
遅れてやってくるのは特別な魚

君に贈るのは――
崩れているが、まだ腐っていない骨

峡谷のなかで払暁に固執する暗闇
君は叩いたりつぶやいたりして
微弱な光を捜し始める
新しい灰、古い灰、新しくも古くもない灰
中途半端な暖かさや冷たさのなかで
匍匐しながら
君の揺れ動いて捕らえがたい眼は
早いうちに消えていく星のよう

一九七四年

延陵の季子、剣を掛ける

いつも私に聞こえるのは、この山の深き怨恨
最初の旅は目的があったが、多くの邂逅と別離の冷たさを
なんと説明すればいいいか——いやもう忘れよう
あなたのために瞑目して舞おう

水草のざわめきと三日月の冷たさ
夜更けの異郷での衣をうつ音が私の影の跡を追いかけ
荒んだ私の剣術をあざける　この腕には
まだ忘れられた古傷がある
酒が酣《たけなわ》になれば夕暮れの川岸の花弁のように赤くなる

あなたも私もかつて烈日の下で尽きるまで坐ったものだ――
一対のしおれた蓮の茎‥あれは北への旅の前のこと
私をもっとも悲しませた夏の脅しは
江南の女達のたおやかな歌声
その針のかすかな痛みと糸の縫合で
私に宝剣を抜かせ
南に戻ったときに剣を贈る約束をさせた……
だが、誰が予想したであろう、北方の女達の脂粉に
斉魯の衣冠の古風、詩三百の口誦は私を
いつまでも戻らない儒者にさせたのだ

私が剣を置くなど、誰が考えたであろうか（巷の噂では、

あなたは私を呼びつづけて死んでしまった、という)
ただ簫の七つの孔だけが
なお、私の中原に至ってからの幻滅を訴える
かつて、弓、馬、そして刀剣の術は
弁論や修辞よりも重要な課程であった
だが孔子様の陳や蔡の国での御事
子路の頓死、そして子夏の入魏以来
我らは不安げに諸侯の邸宅で奔走している
ゆえに、私は剣を置いて髪を束ね、詩三百を誦し
厳然とただ一途に正道を述べる儒者になった……

ああ儒者よ、彼は次第に暗くなるあなたの墓地で手首を切る
もはや侠客でもなく、儒者でもない
この宝剣の青き光はおそらく、寂寞たる秋の夜に
あなたと私を輝かせるだろう
人を想って死んだあなた、病んで山水に身をおく私
その疲れた船頭は
かつて傲慢であり、実直であった私だ

一九六九年四月

訳注——「季子」は春秋時代の呉王寿夢の第四子季札のこと。延陵（江蘇省武進県）はその封地。『史記』「呉太伯世家」によると、季札が徐の国（今の徐州）を訪れたとき君主がその宝剣を誉めたので献上するつもりであったが、再度徐国に来たときは、すでに亡くなっていたので、その墓前の木に剣を掛けて悲しんだという。

細雪

昨夜、山々をかすめて帰ってきた、音もなく
想えばひさしぶりの気がかり
おぼれて死んだ深い谷底から
私は自分の眼で彼女が庭の門を押し開けるのを見た
おそるおそる足音をしのばせて、ためらったあと
すぐに去り、大寒の日には
ついにその痕跡を残していった

一九九六年

席慕蓉

シー・ムーロン／せき　ぼよう／一九四三年生まれ

花ざかりの樹

どうしたらあなたに会っていただけるかしら
私が一番きれいな時に　そのために
もう仏さまの前で、五百年のあいだ願っておりました
ふたりが縁を結べるように祈っておりました

仏さまによって私は一本の樹に生まれ変わりました
あなたが必ずお通りになさる路の傍らで育ち
陽の光の下で慎重に花を咲かせました
その花のひとつひとつが私の前生での願い

いらっしゃる時には、どうか耳をそばだててお聞きになってください
葉のざわめきは待ちつづける私の熱きおもい
でもあなたがやっといらして冷たく歩き過ぎたとき
そのうしろに一面に広がっていたのは
友よ　それは花びらではなく
私の枯れて萎《しお》れてしまった心なのです

一九八〇年十月四日

出塞の歌

どうか私のために出塞の歌を歌ってください
忘れ去られた古きことばで
麗しきトリルで軽やかに呼びかけてほしい
私の胸のうちのあの美しき山河

あの長城の外にだけある清々しき香り
出塞の歌は皆、悲しいものなんて誰がいったのでしょう
もしあなたが聞きたくないなら
それは歌のなかにあなたが望むものがないから

でも私たちはいつも一度や二度歌わなくてはいけない
草原の千里に輝く金色の光をおもい
大砂漠に吹きすさぶ砂あらしをおもい
黄河の岸、陰山のふもとをおもいながら
英雄は馬に乗って、馬に乗ってふるさとに帰る

訳注——「出塞」は砦を出ること。転じて国境を出ることの意。

一九七九年

招待状

——詩をよむ人へ

花火を見に行きましょう
行きましょう、あそこで
たくさんの花からどんな風にまた花がいっぱい生まれるかを見ましょう
夢のなかでどんな風にまた夢が生まれるかを見ましょう

肩を並べて荒涼たる岸辺を過ぎ、夜空を仰いでみましょう
いのちの狂喜と刺すような痛みが
すべてその瞬間には
まるで花火のよう

一九八九年五月二十二日

歳月三編

1　仮面

私は自分の願いどおりにくらしている
自らの願いにあわせて仮面を作る
ある時は謙虚な、ある時は喜びの
そんな風にしてやっと生きていけるのだ
努めて怒りをしずめ、傲慢な火を消す
努めて骨の髄にまで染みついた憂いを取り払い
すべての美徳を背負っている

そして時は流れ、孤独の定義は――
あの片隅の虚をつかれるような鏡

2　春分

時は流れ、記憶は剝落して壊れ
ためらいがちに自らに問うてみる
昔はこんな風だっただろうか
春分がもうそこまで来ている田野で
夜明けの窓辺で、本当に私は今まで
針が刺し、匕首で胸を貫かれるような
多くの痛みを感じたことがあるだろうか?
太鼓の皮が弾けるような多くの狂喜があったろうか?
一瞬に閃いて過ぎた多くの詩句があったろうか?

かつてはこんな風だったかしらと、ためらいがちに自問する
そして、霧が海面からゆっくりと動いてきて
次第に山の斜面の桜林を覆い
ゆっくりと春が通りすぎたばかりの眼前の
すがすがしい朝をのみこんでいった

3
詩

かつては熱っぽく抱きしめたあの世界だが
今はもう慌ただしくあいまいな別れをして旅立っていった
時が移りもう随分遠いところにいるに違いない
どうして私にこんなにも落ちついた静かさと
深くゆるやかな喜びをもたらしてくれたのだろうか

重荷は降ろされ、もう再び悔恨やあがきもなく
やっと完全な自己をみつめることができはじめた
私の心は栗の実のようにひっそりとした中で
日を追って豊かに肉づきもよくなってきた
かつてこんなにも強く、石の壁に
いのちと、歳月に連なる痕跡を刻みつけたいと渇望したことはない

一九九六年

鷹

筆を執る時はただ爽やかな欲求があるだけ
悔恨に関わることもなく、まして心の傷みなどない
私はただもう一度ひっそりとした小径を進み
深く暗い森の中で軽く傷口をつついている、あの鷹を静かに見舞いたい
空山明月を前に、すべては既に澄みわたっている

一九八七年

戦いに備える人生

あの極端な柔弱さは嬰児に与えよう
熱烈で無邪気な笑顔は子供に譲ればいい
絹織物のようになめらかで艶がある肌、海辺の
玉石のように清潔な香りは少年に
薔薇やマイカイやクチナシの花のような香しい麗しさは
十六歳の少女にいくらでも与えよう

これらは生きていくための武器
大切にされ、いつくしみを得るために
成長と繁殖を望む身体にあたえられる

だが長い道のりのなかで、装備はしだいに重くなり
あの始めから終わりまで未だ自由に飛んだことのない翅は
夕闇のなかで落ちつかずにふるえ
私の胸に向けられて、悔恨と反逆に満ちた矢はすでに弓を離れている
炎のように描かれた夕焼けのなかで、陽は今まさに沈んでゆく
美《うるわ》しき徳よ、あなたは私の最後の鎧だ

一九九六年七月二十二日

周縁の光と影

——喩麗清へ

何年も後に、あなたは詩の中で愛についてたずねる
けれどもあの開花した樹の花びらが雪のように落ちてきたのをおぼえているかしら？
美は、もともと愛の周縁で待ちつづけるなかで
悄然として落ちていく時のあの錯綜した光と影

それはほんの一瞬の心のゆれだけれど
さらにその深いところに隠されている

もともと人生は虚しく時を過ごすもの
ちょうど、盛夏に狂ったように鳴く蟬のように、花が開き散るように
無人の荒野の白く冴えた月のように
陽光の下で松林から昇る芳香のように

林のなかのあなたが
私の方にゆっくりと歩んできた時の微笑のように　純白のスカートが
今もあの夏の風の中、わずかになびくように
そしてまるで、この一刻《ひととき》をまったく無視して、滄海が桑畑になるような世の移り変わりのように

一九九六年七月二十二日

野性の馬

日を追って近くに迫って来るのは、次第に締められる桎梏
日を追って消えていくのは、あの懸命にもがこうとする力
日を追って閉じられていくのは、記憶の狭い通路
日を追って遠く去っていくのは、ぼんやりとしたなかでの花の香りと星の光

日を追って、かたち作られるのは、今日からの静かで従順なわたしの人生

ただ漆黒の夜の夢のなかで、まだ咆哮する疾風だけが残っている

（誰か、私のいななき、命の悲しき叫びが聞こえる人はいないかしら）
止めようとしても止まらぬ熱き涙、やめようとしてもやまぬ渇望
ただ漆黒の夢のなかでのみ
わたしの魂が蘇り、なお一頭の野性の馬として
あなたのほうへ、北の荒野に向けて狂ったように走り去るのだ

一九九四年七月二十四日

交易

かれらから聞いたのだが、唐朝のとき
一頭の北方の馬は絹四十匹に換えられたとのこと

わたしには今、からっぽの四十年の歳月がある
だれに向かって行こうとしているのか
だれに向かって交換し、とりもどそうとしているのか
あの北方の一面の草原を

さかさまの四行

鏡で欲望を映しだし、時間によって
ながい道程の憂愁を書きなおす
沈黙で人生の驚愕を埋めつくし
流浪で故郷をよみがえらせる

一九八七年十二月二十一日

一九九八年二月十日

大雁《おおかり》の歌

――散り散りに裂けた高原へ

祖先が深く愛した土地はすでに他人のものになった
だが、天空はまだある
子孫の勇猛な体軀も、もう自分たちのものではない
だが、魂はまだある
黄金のように貴重な歴史は塗り替えられた
だが、記憶はまだある

だから我々はいつも沈黙しながらも、あなたをじっと見ている
あなたが、蒼空《あおぞら》のうえにゆっくりと両翼をひろげるたびに
私達の魂は鋭く痛み、私達の記憶が開かれる
憂愁を背負った大雁よ

あなたはどこへ行くのか?

一九九四年六月八日

張錯

ヂャン・ツオ／ちょう さく／一九四三年生まれ

室内植物

1

わたしには一アール半ほどの家があり、周囲は鬱蒼とした大木に囲まれている、が長い年月、わたしの気持は風の向きのままに流れる、毎朝早く、ひとりぽつねんと坐り、鉢植えの室内植物から窓ドアへ、窓ドアから限りある草地へと視線を移し、草地からあの這いつたう蔓に目を止める——
見よ、あの緑色の長く延びた太い蔓、
頑迷にまた上っ調子に四方に成長し交雑し、
意外にもびっしりと
紫がかった紅色のちいさな花を無数に咲かせて、

山の坂一面を染め上げる、山の坂から遠くのユーカリ樹へとはるかに見やる、わかっている、目を閉じれば、あの樹林の中の赤レンガ造りの家がわたしの心のとある片隅に、人知れぬ痛みにうずく片隅に昇ってくるのだ。

2

陽光がやさしく
薄絹のカーテンを通して
呼び覚ます一鉢ごとの
弱々しい室内植物……

3

数え切れない闇の夜
それは飢えていた、
その四肢は湿った泥土の中で伸び広がり
とうとう鉢の底に触れた、
あの硬く冷たい器に、

そして痛みに焼かれつつ歓呼した、
わたしはついに触れたのだ。

4

白日に痛いほど焼かれ、わたしはすぐに初めの頃の球形をした根毛に思い到る、暗い温かさと湿り気、泥土のひりひりとした苦さ、わたしが過ぎた夜に流した涙そのものであるかのようだ、ジョウロの先端の口を緑色の葉に差し向けて、知る――こうしてしみ込み、しみとおって、きゃしゃな根にひんやりと触れ、無数の震えを引き起こす――。それが生命なのだ。

5

乾燥はなくてはならぬもの、
陽光はなくてはならぬもの、
砂石はなくてはならぬもの、
傷口はなくてはならぬもの、
このようにしてわたしは知る――
刺された指から流れる鮮血、

わたしには刺《とげ》が多い、
それに乾燥に取り囲まれて、
ますます湿ったわたしができあがる。

6

われらは怯えるように避けている
自分の千の手、千の指を、
われらは助けも借りずに伸ばしている
自分の千の手、千の腕を、
だが自分をつかめない
相手もつかめない
ただ虚空に吊され、
地面の足跡をうらやむばかり。

7

空には布団のような手のひら、

だがふるまいは愚かしい、
それに度を過ぎた西洋的な趣、
それがわたしの一生をかけた東洋の温かな緑の意匠を破壊する。

8

秋の日は黄金色であるべきなのかもしれない
しかし誕生のために、
永遠のために、
しばらくは緑の意匠で
干からびた黄金色を覆い隠さねばならない、
ゴッホよ、ファン・ゴッホ、
それはきみのまだらな髭、
きみとわたしの一生の人知れぬ痛み。

9

長い年月の室内で忘れてしまった

ひさしの先の露、
夜野外にしたたる露、
それがわたしを蘇らせる
素っ裸のまま陽光に舐められて目覚め、
全身を陽光に拭きぬぐわせる、
耳のつけ根から足の指まで、
ぬぐわれて滑らかに、のびのびと心地よい。

　黄昏となり、わたしはカーテンを引き、樹林の家を追い払い、ユーカリの木を追い払い、あでやかな紅色の蔓を追い払い、風を追い払う。わたしの静かな心をただひとつの影が占め、ゆっくりと全身を満たしていく、わたしは無限の愛の気分に浸りはじめ、心の耳をすます——あのはるかな呼びかけ、その声に、鉢植えの室内植物たちと、たがいに声もなく耳をかたむけ、言葉を交わし、そのうえ分かりあう——

わたしは知っている
室内植物

それはまぎれもない室内の人間
室内の人間
それは宇宙の中のひとりのわたし。

一九七八年十月一日

洛城《ロサンゼルス》草子

ひとり吟行する、
消しがたい誤りであった出来事、
通り過ぎる
大きな湖、深い峰、
やって来たのはさらさらと流れる
青く澄んだ谷川、
水を掬い、聴きつける
帯の飾り玉の
ふれあう音。

傍らの濃い匂いは
雨あがりの
群生する
ヒヤシンス
わたしは襟元の蘭の葉を
取り棄て、
ズボンのすそをたくしあげ
水の中央へと向かう、
しみ透る
錐を刺すような一撃
まるで一本の
芯が空ろな麦の管を
水に差し込んだような。
わたしの足指が
触れ始める——
ここは泥
そこは石
泥の下の石

石の上の青いコケ
青いコケの碧玉のような
軟らかいにこ毛
白い水鳥の小石は
褐色の軟らかい泥に隠れ
軽やかな
緑色した波の裏には
かけらとなって散る青い空。
水の音が
耳元へささやき始める。
目の前にひろがるのは
ちいさなそして
大きく広がるさざ波
雪のように白い軀を引き裂きながら
跳び、踊り、旋回する、
わたしは胸を抱いて、
ゆっくりと下降する、
泡が立ち昇り、

水晶のように明るくきらめく。
頭上に漂うのは
鬱蒼と茂る樹木の影
と遥かな白い雲
それに童話のとらえどころのないツバメ……
すべてはまるであの少年の
ある春の日の
午睡から目覚めた不安のよう。
ふいに軽い音がして何かにぶつかり、
自分が積み重なった石だたみにいるのに気づく――
水草が傍らでそっと揺れて
心の底の涼しさをそっくり揺り起こす、
魚が潜み泳いでいる――
尾が揺れ動き、
鰓の吐く息、
エビやカニががさごそと這い回り
掘り返された砂石が
わたしを揺り移し

わたしの視線をかすませさえぎる
わたしは聞き耳を立てる
砂が砂を沈ませる音
石が石を撃ち響かせる音
波が波を巻き上げる音
ひとつひとつの音が打ち寄せては
わたしの身体に
麗しい紋様を刻みつけ
その侵食のひとつひとつが
この上もない経験となる、
わたしは静かに坐り、
もう待つことはない。
宇宙がわたしに宿り
両目両耳両手が
華やかに開かれる、
わたしは小石であり
魚でもあり
砂粒でもある、

わたしは水草であり
青く澄んだ谷川でもあり
エビやカニでもある。
わたしが何であるか
それは何であってもかまわない、たいせつなことは
わたしがその何かであるということ、
ゆえにわたしは吟行して
人の住まうところへと向かうのだ

一九七四年十一月

秋の賦二首

その一

遠方より客人の言づてがとどく、
ある別れがあった、秋の日に、

しかもすこぶる高麗風の——
もしもきみが離別するのなら、どうかあの
きみのために敷きつめた落ち葉を踏みしめてくれたまえ。
落ち葉の数だけ、千々の思い、
いちばんの悲しみはやはり卓上のあの万葉集、
とりわけ柿本人麻呂のあの一首——
秋山のもみぢを茂み迷《まど》ひぬる
妹を求めむ山道《ち》知らずも
これでよくわかる、一万の言の葉が、
一万の心を表しているのだ、
漂泊の身空、旅の宿にあって、
秋の日に。

ある消息が、秋風に乗って、
はるかかなたから伝わってくる、
悲しみ恨むように、くりかえし言い含める、
ついに夢にまで見た、
一本の大木の下、

流浪するきみは秋、
落ち葉が覆いかぶさるように舞い落ち、
きみの足元に敷きつめる、
孤独なきみは秋、
沈黙するきみは秋、
秋の音は落ち葉、
秋の髪は蘆と荻、
秋の愛は深山に孤り佇む松。

その二

秋は夢の間《ま》の季節、
ただ相い別れたのち、そののちに相い対してこそ、
声もなく見つめ合う歓びの中に、
人の世のくさぐさの夢幻と真実とを味わえるのだ。
秋は追憶の季節、
ただ春が傷つき夏が色あせて、
楓の紅葉、荻の白い花を迎える頃にこそ、

鏡の中の見知らぬ顔に動転し、
鬢のもみあげに光る白髪に驚くだろう、
つまりは杜甫を読む齢になったのだ、
戦火の苦難をなめ、
感情はあてどなくさまよう、
そしてある孤独な秋の夜に、
思い出すのは北部の山中にぽつんと灯る灯火《ともしび》。

「きみに玉のように身を守ってほしいとの過ぎた望みは抱けないが、
きみの心にわたしがいつづけてほしいものだ」
東から移住して後、秋の気分はしだいに深まり、
ものごとを敢えてしないという思いはますます強くなる、
顧みることも敢えてしない、
怒りが深くなることのみ気にかかる、
展望することも敢えてしない、
悔いに心が傷つくことのみ気にかかる、
敢えてするのはただ星のまばらな月の明るい夜に、
着物をはおり奥まった庭で箱から取り出した長剣を磨き、

あの和歌の上の句をそっと吟じること——
さびしさは、
その色としもなかりけり。

一九八三年十二月二十五日

山に棲む

黙々と米をといで炊き、
キャベツをざくりと切る、
山に棲む日々、
とはこのような思い切りと消息の無さ、
粗末なお茶に淡い飯。
声のない日々、
だから言葉使いは愚鈍になる、
無人の山に棲む、
だから礼儀作法もおろそかになる。

凛とした寒さの山の嶺《みね》、
朝早く窓を押しあける、
雪があれば、美しい。
暮れなずむ夕べ、暮色が夕陽を強引に覆い隠しても、
差し支えはない。
ただ連夜の長雨に遭うたびに、
いつも春ニラが欠けている、
あるいは久しく音信のなかった、
飄然と訪ねて来る旧友が欠けている。
利害や栄誉から遠ざかって後《のち》は、
久しく山に棲み普通の民となった、
大江健三郎にも無頓着、
あるいは西太后にも、
ただ淡泊な心になおも気がかりなのは、
はるかな島国――
カエデの葉はなお酔いしか否か?
清酒はなお温かきか否か?
豪気はなおありやなしや?

風雅はなおありやなしや?

一九八四年一月十四日

李敏勇

リー・ミンヨン／り　びんゆう／一九四七年生まれ

備忘録

一篇の詩は
ひとつの許しであるべきだ
暗闇にゆらめくランプの光
寒風のなか
霧の夜に
航行する船の汽笛が
めぐりあった旅人のために響きわたる

きらめく文字が

陽光の下で跳びはね
雨降る街に
水しぶきが或るイメージを花開かせる
意味の系譜の光の彩
芽吹く
暗闇の土壌を突き抜けて

鳩は林間に飛び
羽毛が枝葉に落ちる
平和の信号が
かなたの硝煙のやんだ戦場から
悦びの符丁を送ってくる
ある者は涙で戦死者を迎え
ある者は帰還した恋人に花輪を捧げる

詩人が認める国家というものは
樹の葉と花とで旗を画き
角笛が吹き奏でるソナタを征戦の歌にとって代え

季節の移り変わりに心を痛め
歓びに涙し
どの一字をも大切にして
言葉のためによく似合う衣裳を裁ち作る

一九九七年

この耳にしたのは

この耳にしたのは
はるかかなたの呼び声
もしかしたら
監獄の刑場からか
あるいは
病院の産室からかもしれない

孤独で寂しい夜

一篇の異国の詩を読んでいるわたし
詩人は
言語という担架で
刑場から政治受難者を連れ帰り
彼に洗礼を授ける

だがむしろ
日の出前に
看護婦たちが新しい命をそっと抱き上げる
それこそ願わしい
赤ん坊が母親の子宮を離れる泣き声
実はその泣き声こそ
女性の歓喜《よろこび》

一九九二年

悪夢

夢を見た
われらの島が沈没してしまう

青い海域に
漂い浮かんでいる
血垢

声は
波の中
叫び声は
聞こえない

国籍不明の軍艦が

ゆっくりと海峡を通り抜ける
後ろを追う
鯨の群れ

一群の漂い昇る亡霊に混じって
わたしは
見下ろしている
消えうせた故郷を

一九九三年

詩史

時間の帳簿に
われらは詩で心を書きつける
そのうえ秘密の証言を書き残す
抑圧された歴史のために

現実の悪臭を放つ土壌の中に
われらがまいた種
すでに成長して枝葉をつけ
花を咲かせている
荒々しい風が
花園のまわりですきをうかがっている
なかには花のつぼみが枝もろともに折られたものもあるが
さらに多くのつぼみが今まさに花咲こうとしている

一九九四年

国家

わたしの国家は
ただわたしの心の中に隠されている

鉄条網もなく
警護兵もいない

樹の葉で編んだ旗が
風にはためく

樹の幹が旗竿
島の土地にあまねく行き渡る

鳥の歌声は林の中
風のリズムに合わせ自然の呼吸を返している

一九九七年

礼拝

日曜日の午前

わたしは風の中、神父の祈りの言葉を折り畳む
教会の鐘の音が
街ひとすじを隔てて聞こえてくる
十字架が
窓と照らし合う空を分割している
斜めの屋根を
いくひらかの雲が漂い流れている

一九九四年

想像

誕生日のその日
妻が一束の花を送ってくれた

子供たちは蠟燭を灯したケーキを囲み
楽しげに祝福の歌を唄った

その花も
ついには枯れしぼみ
花を捨てた時
自分も一度捨てられた感じがした

その夜
死んだ父親のことを思い出した
兄弟で父を囲んで
いっしょにハッピーバースデーを唄ったことも

死んだ祖父は
星になって天に昇った
それが子供たちの想像
彼女らがいつもわたしに告げる想像

捨てられたわたしは
ある日
死んだ祖父になるのかもしれない
子供の子供たちの心の中で星になる

わたしは妻の側に横たわり
そんなことを想っている
どうにも眠れずに
妻まで呼び覚ましてしまった

花束を送るんじゃなかったかもね
と妻が言う

だがこれは
けっして花のせいではない
年のせいかもしれない

疲れて眠気を催し目を閉じようとした時

星がひとつ隠然と目に入った
低く垂れた月の側で瞬いていた

一九九一年

海峡

敵対する中に
偽りの親善を装う
だが危機は潜伏したまま
海を灰色に変える

それは軍艦の色
ネズミの色
夢を埋葬し
夢を丸呑みにする

曖昧な風景
陰険な水域
警戒する陣地
ぼやけた国境

白骨が積み重なっている
船の死体が積み重なっている

歴史

監視する
異議を唱える者は残らず
ブラックリストを塗りつぶし
監獄の壁に釘づけにする

一九九〇年

血なま臭い手が
土地を一インチきざみに捜索する
狩人と犬が
通り道と道の入口を封鎖する

一九九〇年

蘇紹連

スー・シャオレン／そ　しょうれん／一九四九年

台湾の悲情なる動物たちへ

ペリカン

ペリカンが自分の胸をつついて破り
流れ出る鮮血を
死にかけている雛鳥に食べさせる——我ア《ガ》

ペリカンが水辺の草むらの中で巣を作り
大きなくちばしを開き、その真っ赤なのどを見せる
それは夕陽の呼びかけ——我ア《ガ》と叫ぶ

ペリカンが飛び、水に下りて魚をとる
冬には雪が解けるのを待つ
血で雪を暖め、翼を広げ——我《ガ》ア

トカゲ

逃げた後、しっぽを自分で切る
だが、なお後ろを向いて
先の分かれた舌を伸ばし
私の子供時代がどこにあるかを探るのだ

トカゲは獲物の位置を測ったあと
攻撃する　奴と同じように
私の子供時代は自分の未来を攻撃していた
咀嚼するとき、トカゲはその仏陀の目を閉じる

フクロウ

フクロウの翼を広げて
釘で穀倉の戸口の上に打ちつける
夜になったら、私の夢を隠すのだ

死の天使が
私の夢のなかで舞って飛翔する

フクロウの肖像が夜になると掛かり
私は自分の枕を抱き
ひとめ、ふため、そしてみっつめ……もうあいつを見る勇気がない

鳳凰

真紅の太陽を通り越し、雲海を切り開き
暗黒の夜の巣穴に到達する

私は続いて、往来の中を前に進む
ちょうど一本のマッチ棒のように、危険地帯をひっかき
衝突した時は、火花を出す

巣穴の中の鳳凰は太陽の光に焼かれ
つもった灰塵となる
冷えてしまった私
消えてしまった私
わずかに十本の指だけを残して
灰塵のなかで自分のむくろを集める

そして
ひそかにそれを組み合わせ、もとの鳳凰のかたちにして
翌日の夜明けの復活を期待するのだ

ダチョウ

ダチョウは卵を生むと

翼はあっても、飛ぶことはできなくなる
長い首を伸ばして、やっと見ることができる
空はカゴのなかに閉じ込められていて
カゴの外では、地面が走っている

砂漠と荒野を走りぬけ
湧きあがる海原にも追われ
頭と首を草むらに埋めて
空が見えない日を過ごす

ダチョウの卵をずっと見つめていよう
視線の温かい熱が
殻を破り、空を孵化する

雁

海を渡ってくればいい、雁よ
そのくちばしで、自分を漂流する松の枝の

貝殻にひっかけ、雛鳥をくわえて
波間にもぐり、一家で移動し
ひとつの島を目指していく

私はその島で、雁の家を訪ねる
十一世紀に遡る
寺がひとつあり
残された鐘の音が
私の住む場所を伝えるだろう

仏陀が、雁に乗って飛ぶ
仏陀が、私の心に乗って飛ぶ
冬の灰色の冷たい空を

熊

熊が夜を家の外に持ってくる
夜は丸い小さな目で

軒の下の電球が
自分の夢のなかで消えるのを見る
私が手を伸ばし電球をひとつ交換すると
空のおおぐま座が
立ちあがり
前足で闇夜の雲をつかむのが見えるだけ

雲はばらばらに散り
私のふるさとのように、どこにも捜しだせない
今住んでいる此処は、あまりにも暗く
電球を取り替えて、照らさねばならない

啄木鳥《きつつき》

いつの時か、やっと口が出来て
必ずしも、話すのを禁止されているのではない
しかも、とがった長い犂のように

木の幹の上で深い田畑を鋤くことができる

私は木の幹を抱き、幹のなかでは
キクイムシがひとつひとつの年輪をかじっていき
荒れた田畑のように
一生、からっぽの体をつくる

啄木鳥は雨《ユイ》、雨《ユイ》、雨《ユイ》と叫ぶ……
緑が訪れ、それぞれの樹を占領していき
私のからだも占領していった
足元から一寸一寸、上に登っていき
樹は私を抱擁し、私のからだの中にも
また犂をまつ田畑ができた

サヨナキドリ

私はサヨナキドリの眼と心臓を混ぜた
伝説の酒を飲み

ずっと目が醒め、寝ていない
広々とした脳、水辺の耳
小鼻の昆虫、口元の果物が
夜になると私を包み

間断のない旋回となり
ベッドの上に横たわり、天井の真ん中の扇風機を見つめる
不眠症の初期症状——瞳孔の拡大
不眠症の後期症状——心臓の鼓動の低下
夜はまた、鉄道の長い線路の上を歩き
邁進する汽車に轢かれた

訳注——「サヨナキドリ（小夜鳴き鳥）」は別名ナイチンゲール、ヨナキウグイス。

蜘蛛

私は洞窟を通り抜けて出ていかねばならない
光の差しこむ洞の入り口も現れているのだが

蜘蛛の巣網に閉じ込められてしまった
巣を通ってくる光は少なく
わずかに両の掌か膝頭が読める程度

光が落ちるところならば、そこを読む

私が洞窟のなかで、闇に食べ残されたところは
涙を流している眼と、無力な足の指
それから、少しばかりの呼吸
巣をとおって、光はなお入りこんでいる
だが、すぐにゆっくりと消えてしまう
光がその落とし穴を避けられれば、希望があるのだ

孔雀

孔雀は夜明け頃、甲高く鳴く
羽毛の上の一千の眼を見開き

私を見つめるのだ　私は萎縮して
遠い遠い真夜中へと退く

あの眼が私を捜し始め
あるものは、花器の草葉の間に隠れ
あるものは華麗な衣装に隠れる
あの眼が見つめる場所には
いつも私が残した影がある

私は再び退こう、さらに遠い
インドの聖典のなかにはさまれた夜に
安らかに横たわり
世界の眼が永遠に私を捜しだせないようにしよう

白霊

バイ・リン／はく れい／一九五一年生まれ

時計の振り子

左にチック右にタック、なんと狭い時間の夾角
ふらりとこの生に入り、ふらりと出て死ぬ
チックと心に夜が明けたと思うと、タックと肉体はすでに黄昏
チックは過去で、タックが未来
チックタックの隙間に無数の現在が並び、通りぬけていく

凧

つむじ風でまっすぐ上がり、ささやかな希望は、どこまで高く空に懸かっていられるだろう
延々とつづく人生は、一場の遊びにほかならない
細々とした糸だが、大空全体と綱引きをのぞむのだ
高く、高くあがって、ほとんど見えなくなり
僕は河岸に沿って大空を牽きながら、駈け始める

及ばずの歌

静かにおちついた無は、狂ったようにしがみついている有に及ばず
暖められていくのを座して待つ露は、熱を巻きこんで逃げる涙に及ばず
猛然と乱射される矢は、赤い中心をまっすぐに差し出す標的に及ばず

鳩を三千飼うことは、年老いた鷹を一羽有しているに及ばず
キスをされることは、啄まれるに及ばない

乳房

軽く触れ、握ることができる、そのあたたかなやさしさ
舌先の下で聳え立ち、あなたの魂にまでのびる
つるつると滑ってころがるふたつの軟玉
荒涼とした夜に
揺れ動くピラミッド

論争

一幕の黄昏は、すべて真昼と闇夜のロマンティックな論争

雲は満天の絵の具で、力をこめてむらなく調合する
　　　　　　　　　　落日を空はもう
　　　　支えきれず――大海の波の上に落ち
　　　　　　　　両方とも弾き飛ばした

愛と死の間隙

蝶にまだ相手にされていない花は
誘惑とはなにか知らない
尖塔につらぬかれたことのない空は
高く聳えるとは何か、理解できない
暴風にもてあそばれたことのない雲は
千変万化するとは何か、簡単にはわからない

偲ぶ思いにキスをされ続ける恋に出会えば
一分が実に峡谷よりも広い
誰がその一分と次の一分の間に
橋を架けることができるだろう
あるいは、その隙間に跳び降りて
彼女のかみしめた両唇から逃げ出せるか、思ってみればいい……

一九九六年六月

龍の柱

龍はハイパーテクストだ
万物が分解され、再び用心深く繋ぎ合わされる
それは体の内部の
異形の螺旋状の遺伝子を発端とせず

火への怖れからの想像から始まった

龍はまた管轄をはるかに超えている
あいつがとぐろを巻くのが好きな、あの石柱は
大半が
あいつによってまっすぐに締め上げられた地球なのだ

あなたは僕に聞くだろう
いったい龍は多くの自由をもっているのか?
柱の表情を見ればいい、答えはすぐにわかるだろう

高山に登り雨に遇う

小雨が数十本
斜めに降り、織り重なって数千本になり
山のほうへ落ちる

掛ければ私蔵の一幅の古画のよう

遠方で降っているあたりは、模糊として
横たわった山は簾をとおして眺めているようだ
ちょっと見たところは一群の
優美な曲線をした臀部のよう

しばらく下ると
白蛇のような細い谷川が雨音を追いかけて
一路、弱々しく喘ぎながら登っているのがやっと見え
黒い傘をさしている松に突き当たり
避けながら傘の影に入って見えなくなっていた

一番下のほうは
大きな赤い帽子をかぶった四阿《あずまや》で
気がつけば印章が押されている
落款した人は亭の傍らにいる樵夫《きこり》

山を下りて
雨音といっしょにくるりと巻きあげ
背中の行李のなかに挿しこんだ

山寺

鐘
謙虚なので、叩けば響く
緑の苔は疑惑をもつので
絹のように美しい
心は木魚に似て、ひそかに祈りの声に見舞われると
ひとつ残らず奪い去られる

一九九三年九月十八日

霧が長く去らず
寺の先端がかすかに見える

この荒涼たるさまは
ささやかな眠りのよう

子供時代（一）

——四十年代

背後で砲弾が爆発し、空に
綿菓子がひとつひとつ飛ぶ
横たわったタンク、田んぼのなかに植えられた飛行機
なんとおもしろそうな玩具たちだ　ただ動かせない
母は私を背負って、あらゆる所で食べ物を捜した
葦のなかでは、人の腕をみつけた
彼女は金切り声をあげて、私を抱いて駆け去った——

私は何度も振り返ってみたが、あれはまさか
姉の壊れた西洋人形だったわけではないだろう?……
路上で連れの子供たちはひとりひとり大声で泣き
その口の穴を開いて大泣きし
砲火はポップコーンを送ってきていた……

一九八三年二月

鍾乳石

詩篇が書きあがり読んでみると、とても簡単そうだ
だが私のなかでは、深い洞窟のうつろな闇に向けて
無限の待ちうけている句が垂れさがり
幾万の玉のような汗の滴からのたったひとつの文字を
幾度も捜している
すべり抜けた字句は、落ちていき
ただ、トントンとした反響だけで、全て真っ暗な地下の河に流されていく

長い時間が経ってから硬い反響がある
ちょうど、指先から指先にしたたり落ちるように
それは水の玉と水の玉の拍手
句と句の呼応　だがそこには
幾千万年の距離がある
出会ったときの感覚はどのような揺れかというと
下に向いた鍾乳石とゆっくりと上に向いた石筍
知ることのできるものと、暗く予知できないものが
時間という暗い穴のなかで、そっと

一触する！

一九八四年五月二十四日

原注——鍾乳石は百万年にやっと一インチ伸びるという。上から掛かっているのが鍾乳で、しずくが地面で凝固したのが石筍。

陳義芝

チェン・イーヂー／ちん　ぎし／一九五三年生まれ

憂うつな北海道

一千本の香がたかれようとしているラベンダー畑
ひとりの女が紫の光の中をそぞろ歩く
彼女が残した影がひとそろいの憂うつな紫色の服に変わる
空の果ての夢が立ち昇り紫の衣がひるがえるかのように
一千本の香がともされたラベンダー畑
地を覆うふんわりと温かい長枕、天に広がる藍い顔立ち
ふたりの北海道はどうだったかというとね、昨夜の彼女の体の香りが

守りを撤収したわたしの肌の毛孔にしみ透り
罪のない精油を火あぶりにしてわたしを楽にさせたのさ

一九九九年十一月

災厄

一包みの保存食と二瓶のミネラル・ウオーターを用意して彼女は
遠くへ旅立つわたしのトランクの中で哀れげに言う
南方は地震が多いわ

災難の後でわたしの体を掘り出す、恐れるのは
干からびたり腐ったりしてしまうこと
一くれの欠け瓦に天、地、合の三字を刻んで、それだけは
彼女に残してあげよう

後記――紅媛のために作る。

訳注——「紅媛」は詩人の妻。

一九九九年十一月

わたしの琺瑯人形へ

誰か電話の向こうでダイヤルを回している
「またあなたが見つからない……」
桜の林に雨が降り始める

誰かソファーに坐って思わずうとうとしている
「あなた、どこへ行ってしまったの?」
月の光を浴びた芝生に舞台をしつらえる

ビルの窓から下の通りを眺め、きみは
深夜にわたしが車をUターンさせて
ゆっくりと街の風景を家に持ち帰るのを見る

こんなふうにして、わたしたちはたがいに示し合わせて日を送る
生まれた場所に花を植え、涙を流して井戸を掘り
友が亡くなった海辺で歌を歌う

白髪になったとて何も恐れることはない
初恋が終わりの恋との定め
寒くなれば赤土のコンロで雪を煮立ててお茶を入れる

目がかすんできたとて何も恐れることはない
深い情けが無情な仕打ち
夜々の星が水晶球の夢を旋回させる

歯が抜けるのは一安心あるいは気がかり
何も恐れることはない、生花で酒を造り
わたしたちは唇と舌の間で愛を奏でる

わたしの琺瑯人形さん、わたしたちは永えに

互いの点であり、省略符号であり、そしてハイフン
変わることなく日を送り世話をやく、若々しい頃から老いはてるまで

一九九九年八月

わたしの年若い恋人——葉《イエ》

流亡するチェチェンの戦士のように
わたしはモスクワにとってかえし
わたしの年若い恋人を探し尋ねる

すんでのところで忘れるところだった
わたしの若い恋人——葉《イエ》
とわたしの夢、長年の間
戦闘に打ち砕かれるがままになっていた
記憶は打ち砕かれはしない
相変わらず若い彼女を見ていた

流亡するチェチェンの戦士のように
忘れそうでいて一瞬また思い出す
夢が続きさえすれば若い恋人も消えはしない
たとえ最後に一目見かけたのが
人でごったがえし列車がすれ違うプラットホームであっても

二〇〇一年二月

服の中に住む女

きみに覆ってほしい、風のようにそっとぼくを押さえつけて
きみのきめ細かな皮膚で、まるで肌身にじかに着る夜着のように
あるいはぼく自身の皮膚であるかのように
ジーンズははやりの言葉、詩のように跳躍する短い句を書きつらね
スリットスカートは古典の文法、長い祈禱の言葉を刻みつける

春がひとたび呼べば、きみの絹地のシャツにはふたひらの
ピンクの蕾が花をつけ夢のような人生の目を奪う

しかしぼくは知っている、真《まこと》の秘密は身体の陳列窓《ショウウインドウ》に隠されている
「開けて見てよ!」彼女の含み笑いの眼差しがしばしばそうぼくに暗示をかけ
一粒の真っ赤な果実にはにかみ恥じらう

百千もの陳列窓に見るのは心が眩むようなきみのほほ笑むともしれぬ笑み
ゆったりとした裾の下に秘密の奥ゆかしい天体が揺れている
眉をひそめて考える姿はインディア紙の辞書のよう

遠く人煙を逃れてなお人の世を恋する狐になんと似ていることか
きみがあのぼくがなくしたあばら骨であるはずもない
あるいはぼくはきみの身に貼りつく肉の塊であるべきなのだ
ベッドに落ち、天のとがめを受けた一匹の蛇に化身する

ぼくはきみを着たい、ショールが稲妻のように滑り落ちる時
エプロンは黄金の穀物倉のように微妙に揺れ動く

空気が摩擦をくりかえし、日の光が接吻している
タートルネックの襟をきみの胸に埋め、この身を桃花源に沈めたい

コットン繊維の研究を放棄してこの日から
ぼくは身体の誘惑を専攻する、たとえばボタンの脱落、ジッパーのスキー
毎分毎秒 521　521……の暗証番号を口ずさんでいる

この日からきみはわたしの夢深く身を潜め熱い雨をさえぎる傘をさし
くるぶしの曲線に沿って北方へと向かう、きみは帳《とばり》に半ば遮られた門
きみの開けられたハンドバッグの中にはきっといつまでも詰まっているぼくの
　　——やまほどのざっくばらんなよもやま話

訳注——「521」は「我愛伊」（わたしは彼女を愛する）の発音をもじったもの。

一九九六年七月

岩に生える植物

草が山壁で震えている
路を作る人間と違わぬ草よ
足の置き場が無くて身を
岩の裂け目に寄せ、あるいは
強い風に流されていく

山壁は急流に削ぎおとされ
峡谷は歳月に穿たれる
ここでは、トンネルに爆薬とつるはしと血が使われる
曲がりくねった路を通れるのは糸操り人形だけ
雲の端を踏みつける

薄暗い天地にあってきみは仰ぎ見る

暗然たるありさまとは何か、海が桑畑になるとは何か
黒クマとウンピョウの消え隠れるところ
最後の夕陽はことりとも
物音を立てない

その年の岩を砕く音が今も
痩せた砥石のような崖にこだまする
黒焦げの両の手のひらが次々とからみつき
海へ向かう風が吹き寄せては旋回し
死者の魂がひとすじまたひとすじ、谷底から地を穿ち立ち昇る

涙する月の光

――先輩の舞踏家蔡瑞月のために

月の光こそが彼女の舞踏
舞台は闇の夜空

彼女は爪先立ち最後の舞いを舞ってみせる
くるりと旋回すると、銀白色の輝きが
ひんやりと濡れた風雨に沈んでゆく

月の光こそが彼女の舞台
舞台は冷たく荒んだ牢獄
彼女は手の指で祈り、体で歌う
夢の中で天窓を開け
月の光にくるくると裸足で踊らせる

わたしは寒風の下を歩きながら
彼女が火あぶりになった後の劇場を思い出し思わず涙した
傷ついた魚が砂浜でけいれんしている
今夜の月の光は助けを待つ女の身
流浪から戻ってきた最後の床板を彼女に与えるのは誰

熱帯樹林旅館

樹々の背後で話し声がする
巻き舌でぶつぶつ言う赤道英語
――お元気ですか？　どこから来ましたか
おおかたは簡単な挨拶言葉

黄昏の陽の光が林の中に斜めに射し込むそれはまるで
炎を上げずに燃え盛るたいまつ
リズムがないのに伸縮する小さなラッパ
とある池から部屋まで、とある路から別の路へ
カエルはグワグワとほっぺたをふくらませ
ヤモリはサリサリと呆けて這いつくばり
あたりに熱い香りが満ちあふれる
ヤシの実が乳房のように鈴なりになる

正装の白衣を着たウエイターが静かに通り過ぎる
ハイビスカスが掛かるまがきの外を

服を陰干ししているテラスを
かれらはプルメリアが一面に散り敷いた樹の下に立ち止まり
振り向いて、陽の光がまだ消え残る大海に視線を投げる
見る見る内に、夜の闇に覆われる

すると蚊が慌ただしく飛び交い
星がひとつまたひとつ夜空に井戸を掘り
幾本もの蠟燭が海の上で涙を流す
誰かが水を汲んでいるらしい
――クルルクルル
ゆらゆらと小さな蛇が一匹井戸の底から這い出て
わたしに吐露する
再会の驚きと歓び

薬草採集者

一九九二年十一月

両手は古びた藤のように痩せ鍬のようによく切れる
岩壁の上
かれは薬草の袋をひとつ残すだけで
人々の心の中に生きる

白髪は山に分け入って雲よりも深みを増す
いばらを払いのける
あのヤクモソウは虎が嗅ぎ狼が口をつけたもの
そしてかれが細かく噛み味わったもの

何世代にもわたってとりつかれた
山を包む霧と雨への思い
ああ、たびかさなる傷とかさぶた
それこそが一巻の本草の経典を作り上げる

聴け！　ハイマツの林がけたたましく笑っている
ふいに

かれは岩壁から滑り落ち
断崖のすぐ近くで口を大きく開け
息をしている

鯨

わたしは青い空めがけて水柱を噴き上げる、
あたかも大きな声で高らかと
ひとつの島を占領する宣言を読み上げるかのように。
無神論者にも
神への望みを抱かせる。

一九七八年二月

陳黎

チェン・リー／ちん　れい／一九五四年生まれ

雪の上の足跡

寒いので、眠りがほしい
深々とした
眠り、ほしいのは
白鳥のように柔らかな感覚
さくさくとした雪になげやりな文字の跡
それもただ白い、白い
インクで書かれた
彼の気持がそうだから、寒くて
なげやりだから

つづけざまの地震に震撼させられた都市で

つづけざまの地震に震撼させられた都市で、耳にした
千頭の邪悪なジャッカルが子供たちに言うことば
「ママ、ぼくまちがっちゃった」
裁判官のすすり泣き
牧師の懺悔、耳にした
手錠が新聞から飛び出し、黒板が肥だめに落ち
文人が鍬を置き、農民がメガネをはずし
肥えふとった商人がバターと膏薬の衣服をすっかり脱ぎ捨てる

つづけざまの地震に震撼させられた都市で
年老いたやりてばばが跪き陰門を娘たちに返すのを目にした

島の縁《ふち》

縮尺四千万分の一の世界地図の上で
わたしたちの島は一個のゆがんだ黄色いボタン
青色の制服にやっとひっかかっている
わたしの存在は今や蜘蛛の糸よりも細いひとすじの
透明な線、海を望むわたしの窓をつきぬけ
きりきりと島と大海とを縫い合わせる

ひとりぼっちの寂しい歳月の縁、新しい歳
と旧い歳とが交替するすき間にあって
思いは一冊の鏡の書物のよう、冷え冷えと凍りつく
時《とき》の波紋
ひもといて見れば、どの頁にもぼんやりとした
過去、が鏡にきらりとひらめく

もうひとつの秘密のボタン――
隠されたレコーダーのように、君の胸元に貼りつき
君と人間との記憶を
重ねて収録しては、流す
愛と憎しみ、夢と真《まこと》
苦しみと悦びとが入り混じったテープを

いま、君が耳にするのは
この世界の音
君自身の、すべての死者と生者の
心臓の鼓動。もし君が心をこめて呼びかければ
すべての死者と生者とが何ごともはっきりと
君と話を交わすだろう

島の縁、眠りと
めざめとが交わる境にあって
わたしの手が握りしめる針のようなわたしの存在
島の人々の手で丸くピカピカに磨かれた

黄色いボタンを穿ち、きりきりと
青色の制服の後ろの地球の心臓へと刺し入る

小宇宙
——現代俳句集

1
寂しい冬の日の重大
事件、耳あかがぽとりと
机の上に落ちる。

2
死に敬礼する分列行進。
散歩する靴、仕事する靴、眠る
靴、踊る靴……

3

鉄のように寒い夜、
ぶつかりあって、火をおこす
肉体の打楽器演奏。

4

「草と鉄さびとではどちらが速いか」
春雨がやみ、廃棄されたレールの傍らで
そう問う人がいた。

5

世界記録をつづけざまに破ったあとで
われらが孤独な砲丸投げの選手、さっと
おのれの首を投てきした。

6

ひとつのほくろが肉体の白さゆえに
ひとつの島となる。懐かしい

きみの衣服に包まれた豊かな光る海。

7
サンダルで四季を歩む。見ての通り——
黒板を、塵やほこりを踏み越えて、ぼくの両足は
自由詩を書いたのか

8
ぼくは人間、
ぼくは仄暗い天地にあって
使い捨てのライター。

9
婚姻の物語。一さおのタンスの寂しさプラス
一さおのタンスの寂しさイコール
一さおのタンスの寂しさ。

一茶

そしてわたしは知る
一杯のお茶の時間とは何かを

ひしめく雑踏の駅ターミナルビルで
まだ来ぬ人を待つ
冬の日の酷い寒さの中、かの人が現れるのを
捧げるようにして運ばれてきた、なみなみと注がれた一杯の
熱いお茶
注意深く砂糖を入れ、ミルクを加え
そぉっとかきまぜ
そぉっとすする

きみは旅行カバンにしのばせた

あのコンパクトな一茶俳句集をひもとく。
「露の世の露の中にて
けんくわ哉」
この雑踏のターミナルは露の中の
露、その露が滴る
飲むほどに味わい深いミルク・ティーに

一杯のお茶
熱いお茶が温かくなりそして冷める
思うことども
詩が夢を結びそして人生となる
もしも古代にあれば――
古い小説か武侠小説の
世界なら――
それは小さな杯一杯のお茶の時間
侠客が襲いかかる悪党ばらを刀でなぎ倒し
英雄が美女の帳の前で身を焦がしうろたえる

そして現在、時間は速まり
小さな杯の半分も過ぎた頃には
きみはすでに一杯の香り高いミルク・ティーを飲み終わっている
一杯のお茶
近くから遠ざかりそして虚無となる
久しく待ったかの人がやっと現れきみにたずねる
もう一杯お飲みになりますか

戦争交響曲

兵士兵士兵士兵士兵士兵士兵士兵士兵士兵士兵士兵士
兵士兵士兵士兵士兵士兵士兵士兵士兵士兵士兵士兵士
兵士兵士兵士兵士兵士兵士兵士兵士兵士兵士兵士兵士
兵士兵士兵士兵士兵士兵士兵士兵士兵士兵士兵士兵士
兵士兵士兵士兵士兵士兵士兵士兵士兵士兵士兵士兵士
兵士兵士兵士兵士兵士兵士兵士兵士兵士兵士兵士兵士

兵士兵士兵士兵士兵士兵士兵士兵士兵士兵士兵士兵士
兵士兵士兵士兵士兵士兵士兵士兵士兵士兵士兵士兵士
兵士兵士兵士兵士兵士兵士兵士兵士兵士兵士兵士兵士
兵士兵士兵士兵士兵士兵士兵士兵士兵士兵士兵士兵士
兵士兵士兵士兵士兵士兵士兵士兵士兵士兵士兵士兵士
兵士兵士兵士兵士兵士兵士兵士兵士兵士兵士兵士兵士
兵士兵士兵士兵士兵士兵士兵士兵士兵士兵士兵士兵士
兵士兵士兵士兵士兵士兵士兵士兵士兵士兵士兵士兵士
兵士兵士兵士兵士兵士兵士兵士兵士兵士兵士兵士兵士
兵士兵士兵士兵士兵士兵士兵士兵士兵士兵士兵士兵士
兵士兵士兵士兵士兵士兵士兵士兵士兵士兵士兵士兵士

兵士兵士兵士傷兵兵士兵士兵士病兵兵士兵士兵士傷兵
兵士兵士病兵兵士傷兵兵士傷兵傷兵兵士傷兵病兵病兵
傷兵傷兵兵士病兵病兵兵士傷兵病兵傷兵病兵兵士病兵
傷兵兵士傷兵傷兵病兵傷兵傷兵病兵病兵傷兵兵士病兵
傷兵兵士病兵病兵傷兵傷兵病兵病兵傷兵病兵傷兵病兵
傷兵傷兵病兵病兵傷兵傷兵病兵病兵傷兵傷兵病兵病兵

傷兵傷兵病兵病兵傷兵傷兵病兵病兵傷兵傷兵病兵病兵
傷兵病兵傷兵病兵傷兵病兵傷兵病兵傷兵病兵傷兵病兵
傷兵病兵傷兵病兵傷兵病兵傷兵病兵傷兵傷兵病兵病兵
傷兵傷兵傷兵傷兵病兵病兵病兵　　傷兵傷兵　　病兵
傷兵　　傷兵病兵　　傷兵　　病兵　　傷兵　　病兵
傷兵　　　　病兵傷兵　　傷兵　　病兵　　傷兵
　　傷兵　　病兵　　傷兵　　病兵　　　　　　傷兵
傷兵　　　　　　病兵　　　　　　病兵　　病兵
　　傷兵　　　　　　病兵　　　　　　病兵
　　　　傷兵　　　　　　　　　　病兵

丘士丘士丘士丘士丘士丘士丘士丘士丘士丘士丘士丘士
丘士丘士丘士丘士丘士丘士丘士丘士丘士丘士丘士丘士
丘士丘士丘士丘士丘士丘士丘士丘士丘士丘士丘士丘士
丘士丘士丘士丘士丘士丘士丘士丘士丘士丘士丘士丘士
丘士丘士丘士丘士丘士丘士丘士丘士丘士丘士丘士丘士
丘士丘士丘士丘士丘士丘士丘士丘士丘士丘士丘士丘士
丘士丘士丘士丘士丘士丘士丘士丘士丘士丘士丘士丘士

丘土

対話
——大江光へ

指揮者小澤の六十歳の誕生日を祝う音楽会で、小説家大江の障害をもつ息子の新作二重奏を聴く。亡命老ロシア人のチェロ奏者、アルゼンチンの麗しき女性ピアニスト。ふたりの対話。陰影が月桂樹の冠を織り上げるさま、欠け落ちる憾みが花のかんばせを包みこむさま。命の土くれと恩沢、文字と音楽の光。時間の河の流れの上を飛行し、飄々何の似る所ぞ。追放、帰還、懸案、解決。ハ調の弦と染色体、痛みと愛。右の音声が故障して再生時に雑音の絶えないわたしのビデオ・レコーダー。わたしははっきりと聴く、そよ風が岸辺の小さな草を吹きすぎ、ふいにゆったりと広くなったわたしの胸郭に星くずがこぼれ落ちる。午後の、越境する孤独な旅にあって、欣然と差し出す病気がちの先輩旅行者が一千年前に発行したパスポート。

月湧いて大江流る。

訳注――「飄々何の似る所ぞ」「月湧いて大江流る」は、杜甫「旅夜書懐」中の句。

羅智成

ルオ・デーチョン／ら ちせい／一九五五年生まれ

黒色金縁系列

30

読者に対する悲観や疑いを抱きながら
わたしは書きつける。
「どうやら
読者に用心しつつ表現の限りを尽くす
それがわたしの特殊な、困難極まりない生きる術《すべ》らしい……」

33

この上もなく愛する先の六人をモラルをもって愛することなどできない
七人目から始めるしかない

40

わたしの脳裏を
ふぞろいな考え方が一列
深い谷に沿ってゆっくりと進む
おしだまっているのは
怖いのだ
文字の雪崩を引き起こしはしないかと

59

わたしが許せないのは知識というものに対する彼の
あの傲慢な態度。

まるでわたしが久しく密かに恋する女主人を馬鹿にするかのような——
彼女も知識と同じようにかくべつ
奥深く、美しい、だが
荒くれた魂の手にかかるとからきし反論できない

97

シーッ……
もうすこし我慢して
わたしがいくつか文字を都合して
治療してあげるから
きみの別のいくつかの文字の
傷の痛みを……

恐龍

博物館でその恐龍を見た
落日が窓一面に照り映え、
広々とした神殿で、巨人のような祭司が
地球の乳飲み子の奥義を護る。

時間の最大の句読点
が失われた文脈の中に吊され……
果実を盛った竹かごをなくしてしまった
この石と肉とで鋳込まれた彫像
このゆらゆら揺れる燭台、感じるのは
肉体に対する消し去ることのできない
みれん。

オケラやアリの隊列が通り過ぎる
巨大な足跡が宙に懸かる
それはかつての雷神のスタンプ
雨が降りやんだあとくまなく
地球の柔らかい額に押されたもの――
聳える背骨
今はひびの入った弓
わずかな力を蓄えるすべもない

うつろな頭蓋は
荘厳な、緑色の歴史をゆるりと解きほどく
優美な弧を描く首筋
それは細長く狭い橋
飛ぶ鳥の視界と
ばかでかく、憂いに閉ざされ
腐り朽ちはてる運命にある躰とをつなぐ
横一列に並ぶろっ骨

虚しい櫂
水のように滑らかな地面で
舳先が反り返る
あきらかにひどい勢いで
暗礁に乗り上げたのだ

そよ風を受けて
この煩雑な楽器が軽く音をたてる
いっとき沼地が復活して
羊歯《しだ》と薄荷《はっか》のすがすがしい香りが立ちこめる

わたしはひとり佇む。
千の窓にぐるりと囲まれたホールで
疲れた思惟によってはじめて
幻想の巨象が飼育された、

その当時マグマはまだ栗石の中を流れていた
かれらは大きな尾が鋤《す》いてすぎた路傍に生まれ

地球に信頼を寄せ、まったくわれわれと同じように
にぎやかに暮らし、むさぼり食べ、およそのところ
十分頑強でもあった。
今、かれらは沈黙するケイ素鉱となり
もう飾り気のない欲念や
弾力ある躰をもつことはない。
かれらの目撃者である星はすべて老いさらばえ
ただ炭素14だけが
きまりきった憶測を申し立てている。

わたしは博物館で
とある辺鄙な駅で
その恐龍を見た、
琥珀をぬぐったかのように
ぞっとして立ちつくした。

やつもかつて生命の摂理をもっていた
果肉が種を包んでいる

血液は清らかな泉のように
たえず流れ続ける
大きな臓器が製粉場でうごめき
そこから四方八方へと養分が届けられる……

わたしは博物館でその恐龍を見た
かれらは神の初期の作品
荒削りで、お粗末だが
何と言っても深い情愛にあふれている……

李賀

——簾外の厳霜、皆倒飛す

なにゆえに一張りの琴はあるはずもない音を奏でるのか
二十歳の時に？　晩唐の時代に？
あの骨、血、泣き、笑いと濃い夢の混じり合った

鉱床での
一振りごとの斧と鑿とで飾り立てられた岩の傷？

塵や埃は落ち着き
か細い手が揚がる。
玉で鋳られた群山は次々と裂け
巧みな燕が楽の音の滝をかすめる時
聴覚のキノコが雨に遇って開け放たれる
おしろい顔のものうげな眠りの跡が
白檀の煙と酒の光にねじ曲げられ
むっちりとした指がためらいがちに
きびしく拒む肩へすがりつく
その官能のかすかな崩落に
長吉
きみはまた酒に酔う
そして持病に見舞われる
しかも、この贈答の歌の風変わりなひねくれ様

きみはまた酒に酔う
たえず世界を読み誤り
たびたび筆をスープにつけ
下痢にかかった鳳凰のように
おのれの華麗さを支え切れず
時と場所をわきまえずに
むやみやたらに舞い飛ぶんだよきみの
ゆがんだ詩句は。

詩稿を入れた錦の袋を開け
袋をさかさに色とりどりの蛇や珠玉をあけ放つ
それはきみが一日、苦吟した成果
推敲に推敲を重ねてもはや息もたえだえ
腹に入った緑色の濁り酒も注がれて
つる草のように生い茂る言葉、斬新な詩句を積み重ねる
泣きくれた涙と鼻水、まだ乾ききらない墨の跡を混じえて。

歌が終わり

瞳は秋の日の小川を一くだり切り離し
銀の箸は尽きない酒宴の途中で置かれる
きみは疲れた腰を伸ばす
媚薬のような香りは薬を煎じた肺腑に
千年の木の精のようにまとわりつく髭。
ぶちまかれた美酒は火の舌を吐いて這いうごめき
きらめくマグマはぬぐいされない
テーブルの上に落ちる重いため息が
女子のまとう裳裾の錦の雲を
幾ひらかの縫い取りも鮮やかな蓮の花を押し流す

ひんやりと滑らかな紅の絹は柔らかい温もりの肌に
不思議な生気を呼び覚まされ
もろ肩を流れおちる
体温にあぶられた紅《べに》がやおら
きみの酒に浸された知覚に焼き印を押して突き抜ける……
燭台に真紅の鍾乳石がかたち造られる時

目まいが生む詩行はそれでもほころび開き
作者の本意から遠ざかる
反射する光をうけて
室内の飾りつけは
滴るほどにみずみずしく
楚々としてきみを眺めている
長吉
どの色の塊も一団の火の手
詩人の神経を焼き鍛える
どの一団の火の手も
冷えきった夢のたわ言を監禁している

だがきみは眠らねばならない
わたしのなれなれしい患い
まもなく雄鶏が時を告げ啼き破る
このちっぽけな幽界を——
憂えることはない、長吉
あの心血をもって養い育てた

玉石混交の詩句は
きみの死後も照らし続けるだろう
故人が堅く守り続けた詩情を
乱れ舞う燐光が
陽の光のあたらない魂を愛《いとお》しむように。

一九八四年三月

訳注――李賀（七九一～八一七）、字は長吉。中唐から晩唐の詩人。鬼才と称せられる。題詞は「夜坐吟」中の一句。

向陽

シアン・ヤン／こう ようう／一九五五年生まれ

水の歌

乾杯しよう　二十年後は
皆、老い果てているだろう
地面いっぱいに葉が落ちるように
園の中は今、小道はひっそりと暗い
しばらく手を携え
この夕べに遊び、灯火を点して興じよう

心のままに　二十年前
まだ十分若く、皆花が開き

枝も繁茂していた　夜明けの樹の下では花が雨のように散っていた
どうか
私たちが西の部屋で
秋の情景をしっとりとうたうのを聞いてほしい

気がかり

浮雲はその陰鬱な顔を
緑の木と青空を映す小さな湖に埋め
湖はまた丸く続いて留まらないさざなみを
風にしたがって遊魚に与え、まかせておく
いわゆる気がかりは楊柳が小さな湖をめぐって徘徊すること

過ぎ去った昨夜は未来の明日を引き留め
落葉は霧のなかでひらひらと落ちていく
また悲哀と喜びは永遠にかくのごとく沈黙して

ただ湖上の橋の欄干の影の下で
魚と葉はお互いを見て驚き訝るのだ

小満《しょうまん》

一匹の青蛙がとぽんと池に飛び込んだ
樹上の鳥の眠気が打ち破られ
蓮の葉が驚いて小刻みに震え
水面のさざ波がひとつずつひろがり
静寂を押しのける
蓮の花が独り
うだるように暑い夏の午後に座る
雲達ですら、みなお供をして出るのを嫌がる
アリの一列がパン屑を運び
リズミカルに小さな土の丘を越していく

リズミカルに小さな土の丘を越していく
アリの一列がパン屑を運び
雲達ですらみなお供をして出るのを嫌がる
うだるように暑い夏の午後に座る
蓮の花が独り
静寂を押しのける
水面のさざ波がひとつずつひろがり
蓮の葉が驚いて小刻みに震え
樹上の鳥の眠気が打ち破られ
一匹の青蛙がとぽんと池に飛び込んだ

訳注――「小満」は二十四節気のひとつ。陽暦五月二十一日頃で、陽気がよくなり草木が伸びて生物が成長し万物が満ちる時期。

大暑《たいしょ》

熱は冷気の中から
街全体が喧騒として
独り寂しい灯の下で
愛はあわただしく葬られ
誓いの辞の上に打ち捨てられ
窓からの満天の星
燦然と輝いて
あの夏のため息
焼けつくように熱く過ぎる
鬱積する風の中
星がひとつ滑り落ちた
僕の眼前

冷気は熱の中へ
しだいに冷えていく夜
想いは焔の如く
痛みは心肺に入る
皆すでに凍えるように冷たい
満天の星
呼びかける
君の名と姿と影
僕の眼前
星がひとつ滑り落ちた
鬱積する風の中
焼けつくように熱く過ぎる

君の名と姿と影　あの夏のため息
　呼びかける　燦然と輝いて
　　満天の星　窓からの満天の星
皆すでに凍えるように冷たい　誓いの辞の上に打ち捨てられ
　痛みは心肺に入る　愛はあわただしく葬られ
　　想いは焔の如く　独り寂しい灯の下で
しだいに冷えていく夜　街全体が喧騒として
　冷気は熱の中へ　熱は冷気の中から

訳注――「大暑」は二十四節気のひとつ。陽暦七月二十三日頃で、一年のうちでもっとも暑い。

白露《はくろ》

露の玉がひとしずく、夜明け前の
足場の鉄柱にきらきらと輝いている
わずかに傾斜してぶらさがりながら

次第に青くなる空を映して
通りの向かい側のビルにまたがり
ナイフの刃のように壁の縁を切り取る
コンクリートの散乱する工事現場
掘削機のキャタピラーの前で夜警は
まだ居眠り中
街全体がまだ目醒めていない
夏から秋までのあくび

子供がひとり、工事現場の背後の公園で
前後に揺れ動く
秋とともにブランコが揺れる
前で仰ぎ、後ろで俯く
眼は開き、そして閉じられる
地球もいっしょに陶酔している
高層ビルがとなりのビルへ寄りかかり
今にも傾きそうな大空を支え
露の玉のように広がる

街も子供とともに露の玉のように
大空の果てまで揺れていく

訳注——「白露」は二十四節気のひとつ。陽暦九月八日頃。

小雪《しょうせつ》

紅葉のあとを追いかけて少しばかりの雪が
初冬のアイオワの山麓一帯に
あたかも落葉の如く留まることなく飛び交い
ぼくが暫く寄居している家の窓辺にも
力が抜けたように脚をやすめていく
軽く吹き回る風の中で、僕自身も
落ち着くことのできない場所で
はあと息をふきかける、薄暗い
天空——もう一方の空もみつめている

大雪《たいせつ》

大洋の向こう側の祖国
想いは時にすこしばかりの雪のようであり、時には
落葉の如く融けるでもなく消え去るのでもなく
ただゆっくりと衰えて腐ってゆく
この異郷の朝方の細雪は
夢のなかの幻影であったのか?
すでに死んだ父が
夢のなかで
ぼくが佇む窓辺に来て
至る所に舞い落ちる雪を指していったのだ
　雪はひどく冷たい　わしらも帰ろう
故郷の落葉がいっぱいに広がった土地にもどろう

訳注——「小雪」は二十四節気のひとつ。陽暦十一月二十二日頃で立冬と大雪の間。

雪のなかで小さな樹が涙を流す
一軒の家が雪のなかをさすらう
窓がひとつ雪のなかに消え去
る　椅子がひとつ雪のなかに離
散する　一塊の田野が雪のなか
を放浪する　ひとすじの河が雪
のなかで流失する　ひとりの人
間が雪のなかで血を流す

雪が小さな樹の傍らで涙を流し
雪が一軒の家の前でさすらう
雪がひとつの窓の前で消え去る
雪がひとつの椅子の下で離散す
る　雪が一塊の田野で放浪する
雪がひとすじの河に流失する
雪がひとりの人間の心のなかで
血を流す

訳注――「大雪」は二十四節気のひとつ。陽暦十二月七日頃。小雪と冬至の間。

布袋戯を演じる義兄《にい》さん

あの日、姉さんが帰宅すると
手には腸詰めソーセージと果物が一杯
私達が一番好きで気に入っていたのは
義兄《にい》さんが大好きで演じている布袋戯の出し物

ある年、村で天公さまの誕生日に、廟の前の穀物干し場で
指人形の劇団が公演して天公さまに奉納した
私達が一番観るのが好きだった出し物は
世の為に正義が勝つ布袋人形劇

義兄さんは指人形の劇団にいて

布袋戯を演じる師匠
その年、義兄さんの劇団が村に公演にやってきた
ドラと太鼓の鳴るなかで、西北派が東南派をやっつけた

姉さんはそのときまだ
十七、八の娘、ある日
公演している師匠を捜しに劇団に行った
あでやかな声とやわらかい言葉で、東南派は西北派を打ちまかす

布袋戯をみるのが好きな私達が知っていたのは
東南派は立派な君子で
西北派は化け物や妖怪だということだけで
どうして、東南派が西北派を必ず打ちまかすのかは知らなかった

いつも姉さんと一緒にいた私達は
心のやさしい姉さんが東南派で
人形劇の師匠は西北派だと考えていたが
東南派がどういうわけか、西北派と仲良くなるとは、思いもよらなかった

その年、師匠は義兄さんになった
姉さんがもどってきた時は、たくさんの人形を持ち帰ってきた
姉さんに聞いた――東南派は西北派に勝ったかい？
彼女は笑ったのだが、その目から涙が急に流れた

ある日、母さんが私達を連れて
姉さんに会うために義兄さんの家に行ったが、ふたりがけんかをしたばかり
母に訊ねた――東南派は西北派に負けるの？
母は笑っていたが、目から涙が一杯流れていた

義兄さんに会ったが、そっぽを向いて離れていった
私達は化け物や妖怪の西北派に良心なんてないといって罵った
姉さんに会うと、うつむいて何も云わず
東南派の立派な君子は勇気がないといって、私達は笑った

思いがけず、義兄さんと姉さんは突然、仲良くなった
まったく、仇敵が最後に仲良くなるなんて奇怪至極

母さんは喜んで、私達の頭をなでながら云った
「私達こそ、あの出し物、世の為に正義が勝つ布袋人形劇」

訳注――「布袋戯」は台湾の伝統人形劇。「天公」は天上の諸々の神を統括する玉皇大帝。誕生日は農暦の一月九日で、祭礼が行われる。

焦桐

ジャオ・トン／しょう　とう／一九五六年生まれ

なりけり氏

なりけり氏は家系、学歴にめぐまれることこそないものの、
幸いにも友人、親戚、党派、県人会のつきあいにめぐまれ、
この都会で体面を保つとなればまことに容易ならざる事態、
ふだんあれこれと取り入る骨折りのほかに、
盆暮れにはあちらこちらに贈り物。

エアコンはひねもす眠気を吹きよこす、
コーヒーを飲み、葉巻をくゆらし、
昨夜のクラブでの愛の戯れを思い返し、

ついでに同僚の女性の豊かな腰つきに目をやり、
朝刊をひろげ、あふれかえる社会問題をひろい読み、
なりけり氏は鏡に向かって呼吸を整え、
毎週一度、倦み疲れる会議へご出席。
お昼の宴会では常々ブランデーをきこしめし、
午後は常々ソファーにのびてご休息、
職場の敬老の雰囲気にかなりのご満悦。実際
なりけり氏は権勢なるものに何の高望みもなく――
俸給調整と退職金を気にかけ、
家作を買い土地ころがしをやる以外は、職場での彼の
関心はただ株価の動きと株の売買。

歳月はあたかも豪華なパーティーの流れの席、
毎日、なりけり氏はスーツに革靴、
パリッとした身なりにいつも絶やさぬ笑顔、
彼は脂肪過多の魂と
飢えに渇いた肉体の持ち主。

一九八六年

あらんや嬢

応募したことも入社試験を受けたこともない、
あらんや嬢は義父の紹介状をふところに、裏口から
このお役所へとご就職、
それからは愛《いと》しい食いはぐれ無しを後生大事、
ポストは歳月よりも安定この上なし。
事務机には新聞が置かれたまま、永遠に読み終えない
一冊の雑誌、ヒマになれば
みんな昨夜の連続テレビドラマに話し興じ、
私事をやり終えて手すきの時間に仕事にかかる。

午後のティータイムのあとは百貨店をぶらぶら、
職場に戻ると長距離電話で親友にごあいさつ、
ふだんは長官の視察などめったにあるものでなし、

ほんのわずかの仕事でさえゆっくりととりかかる、
先月の進み具合がおもわしくなければ翌月に回せばよし
春が去り秋が来て、一年一日の如く、
あらんや嬢、毎日の身づくろいはすなおな笑顔、
上司の言いつけ、やんわりとしたお叱りがあれば、
きまってこうハイハイとうなずく。

春が去り秋が来て、十年一日の如く、
大勢がリストラされ、さらに多くの人が路頭に迷い職探し、
このモラルのさびれた大都会で、
飾りの笑顔に刻まれる心配そうな目じりのしわ——
彼女はますます慎重に、食事に気を使うほかにも、
職務が永遠に続くようにと、たとえば近頃
内部で行われる昇級試験にそなえて、
長らく読書に縁のなかったあらんや嬢、出勤した
机の上にお目見えせしは一冊の中国近代史。

一九八六年

失業

いつも夢に見る、タイムカードを押して出勤退社、
心はずむバスは武昌街を曲がり西門町を過ぎる。
朝の風がきらめき、ほのかに明るい冬の日を目覚めさせる――

毎日、履歴と姓名を書き込み、
新聞の求人欄をためつすがめつ、
広告欄にせめぎあう、絶え間ない人事を
選り分け、昨日占めていた位置でもつれ
争い続ける。陽は落ちてまた昇り、
履歴書を郵送してはまた書き込み、
いつも、張りつめた空気の事務室に突っ立って、
あくせくおのれの身の上と年齢とを報告する。
陽は落ちればまた昇るはずだ、

胸中の願いが浮き草のように漂う——
少年の夢よりもはるかに遠く、
貧窮よりもさらに寒々と冷える……

酒屋は店じまい、
野良猫がビルの影に出没する、
空き缶を武昌街から西門町まで蹴り通す。
陽は落ちて灯火が目覚める、
空の果てのほのかな光
いったい夕暮れなのか、それとも夜明けなのか?

昔の出来事が影のように忍びよってくる

音を影であやつる闇の党
その追跡の手がのびる

一九八七年

野良猫の黒い影が低いまがきを飛び越え
ベランダの風がふるえる窓ガラスに脅しをかけ
足どりは階段の途中で消える
時計の分針が眠たげに
秒針とひそひそ話
侵入した木影にヤモリがねらいをつけ
脳の天井あたりではネズミの群れがおしあいへしあい
瞑想にひきこもる洞窟を
こっそりと探り出す
ドアの外で軽く咳をするのは誰
いったい誰が
耳の鍵穴に鍵を差し込み回しているのか
昔の出来事が影のように忍びよってくる

一九九三年

数字

こうやってくりかえし数を数えるのが習慣になった
0が1を追いかける
1が2を追いかける
一から三百万までずっと数え
どの数字も最後には
はなはだしく価値が切り下げられ
慌てふためく循環小数に姿を変える

わたしは見た、自信欠乏の1が
いささか感傷を帯びて
うしろから0に追い立てられ
茫々と果てしない数字の中で行方不明になるのを

一九九三年

夢遊病者

目が立ち上がり
抽象的なすがたで家をあとにする
フェンスを越え
想像の内陸深くわけ入る
夢の背景には
足跡を記す泥土がない
影を投げかける光がない
パスポートがない

街には鍵穴のかたちをした目がびっしりと生え
いたるところに警察犬の鼻
カラスの舌
この街角は交通整理に歌が入り用

彼らは警報に驚き目覚め
わたしを笑う、わたしがあまりに幻覚に頼り
血迷ったように
夢に執着して
別の一枚の皮膚にくるまれて生きていると

永久に旅を続ける旅行家のように
時間の日程表は書き込みを待っている
この時代に欠けているのは
リリカルな物言い
わたしは言葉のスリッパをひっかけ
どの長い街とものんびりと話を交わす

一九九三年

軍中楽園規則

一、本園の営業は男子の現役軍人を対象とする、入場の際には軍人身分補給証を提示されたい。
二、開放時間、毎日午前八時より午後八時まで、午前は将校、午後は下士官兵卒の使用に供する。
三、例外なく列に並び入場券を購入すること。
料金、将校壱佰伍拾圓、下士官兵卒壱佰弐拾圓。
四、入場券は当日限り有効。一枚につき使用時間は、
将校三十分、下士官兵卒十五分を限度とする。なお休日の混雑時は一律五分とする。
五、入場券購入時に部屋番号を指定すること、入場後は目標変更を認めない。
六、事が終わり次第ただちに退出すること。
七、コンドーム未着用による挿入を禁ずる。
八、半券持参にて医務班より消炎薬二粒の受け取り可。
九、本園は毎月一日、十五日の二日、内部整頓のため公休とする。

一九九三年

ダブルベッド

夢はかくも短く
夜はかくも長い
わたしは自分を抱きしめ
親しみを練習してみる
それで長い夜のための十分な勇気が養える
このダブルベッドに眠ると
いつも窮屈に感じる
広い場所は寂しさが占拠している

一九九三年

鬼分隊長

山口宰太郎下士官、陸軍歩兵第一二四連隊に所属、勇猛果敢にして、赫赫たる戦功に輝き、人呼んで「鬼分隊長」、かつて天皇より勲章を賜りしこともある。

鬼分隊長は百戦錬磨、唯一の負傷はシベリア戦線にてのこと、当時七個兵団の兵力のうち梅毒により一個兵団が消滅、ペニシリンのおかげで、彼はからくも死を免れ、中国戦線へと赴くことができた。大軍が杭州湾に上陸、南京を攻略するまでの間、神のごとき武勇の鬼分隊長は、毎日少なくとも四人の婦女を強姦する戦績をもって同僚の先頭を切った。

鬼分隊長は特異なる天稟をさずかり、精液一ミリリットル中に二万五千九百九十九匹の獰猛なる精子を含有し、射精量は毎回約二十ＣＣ、毎月腐蝕性の極めて強い新鮮な精液を十七ガロン生産できた。月が満ちる毎に、三個の睾丸が出現し、その金属のような陰茎の長さはプラス十三センチに達した。鬼分隊長は忠心に厚く、性交の前にはいつもまず直立不動の姿勢で国歌を歌った。

一九九三年

大台北地区電話帳

(八画：侏)

ジュラ（侏羅）紀人身売買広場……………555.5385454（60回線）

ジュラ紀手榴弾工場………………………………718.3764224（80回線）

ジュラ紀アンフェタミン開発センター‥555.3769011（54回線）

ジュラ紀防弾服飾マーケット……………………213.8911207（代表）

ジュラ紀戦車保守点検工場……………………603.3081846（13回線）

ジュラ紀狙撃訓練所……………………………………603.4444444（代表）

ジュラ紀音楽工場…………………………………………………993.2914476

ジュラ紀催淫剤研究室…………………………………555.5386703（代表）

ジュラ紀ヘロイン実験室………………………………718.8450399（代表）

ジュラ紀新感覚器官交易公園……………718.8454949（30回線）

ジュラ紀賄賂会社……………………………………………603.3083845（代表）

ジュラ紀凶暴者協会………………………………555.6523321（44回線）

ジュラ紀青酸カリビル…………………………………718.3760000（代表）

ジュラ紀暗殺集団……………………………………603.3339999（50回線）

ジュラ紀詩人療養所………………………………………………993.2912698

ジュラ紀雷管専売店………………………………603.3085544（46回線）

ジュラ紀自動小銃卸問屋………………………718.3762222（99回線）

ジュラ紀窃盗クラブ………………………………555.5387911（38回線）

ジュラ紀放火者親睦会…………………………………555.2927474（代表）

ジュラ紀少女売春斡旋センター……………555.5383029（78回線）

一九九三年

莫那能

モーナノン／ばく なのう／一九五六年生まれ

鐘の響きわたる時
——苦難の若き山地娼妓たちへ

おかみが、店の看板に灯を点して呼びこみを始めるとき
私には、さながら教会の鐘に聞こえる
それは日曜日の朝に響き渡り
純粋で清らかな陽光が北の拉拉から南の大武山までふりそそぎ
阿魯威部落全体を満たすのだ

客が満足なうめき声をあげると
私には、さながら学校の鐘のように聞こえる

クラスがいっせいに「先生、ありがとうございました」というと、鳴り響くのだ
すぐに、校庭のブランコやシーソーは
私達の笑い声で満たされる

教会の鐘が鳴り響くとき
かあさん、あなたは知っていますか？
ホルモン注射がもうすでに、少女の歳月を終わらせたことを
学校の鐘が鳴り響くとき
とうさん、あなたは知っていますか？
用心棒の鉄拳が少女から笑顔を奪ったことを

牧師さま、どうかもう一度鐘を鳴らしてください
あなたの祈りで失われた純潔な魂を返してください
牧師さま、どうかもう一度鐘を鳴らしてください
笑い声を自由な校庭にもういちど解放してください
鐘の音が再び鳴り響くとき
とうさん、かあさん、知ってますか？

私は本当に、本当に願っています
もう一度、どうか生みなおしてほしいんです……

遭遇

寒い冬の夜
君は三重になった堤防で
孤りでそんな風に佇んでいる
年越しの前夜
誰もが、祝っているときに
君は物寂しい風のなかで涙をのみ
対岸の眩《くら》むようにあやしい都会を見つめ
ふるさとの静かで清く麗しい土地を想う

想えば……
十七歳のあの夏の夜

新港の防波堤には
激しく打ちよせる潮
満天の星で
空は魅かれるように明るく麗しく
清らかで美しい月光は
山河と田畑を照らし
寄り添うあの人もいた

ああ、夢のよう
戻ることもできぬ遥かな記憶
それに、あの夏
弟は蒸し暑い工場の部屋で主人を殺傷し
重い賠償金のせいで
君は娼妓として売られた
あの時から
君のまばゆく麗しいからだは
もう再び愛する人のために喜びを求めず
すべてはただ取引のためとなった

生活は陰鬱とした小さな部屋のなかとなり
続く虐待と痛苦の堆積に耐えたのだ

四年間、振りかえるに耐えられない過去
風はさらにすさまじく
年、わずか二十一にして
壊れ果てたからだで
淡水河の汚泥のように
卑しめられ嫌われ
なぐさめ、憐れむ人もなし

・

だが、これらすべてについて弟を責めることができようか
利益だけをむさぼる生活環境のなかで
正当な道理も見えず
正義も現れず
さらに多くの孤独があるだけで、頼るものもない
涙をふき、もう泣くのはやめよう
君が想いつづける故郷も

崩れ落ち、ぼんやりと迷っている
君の苦痛と怒りを
力にして
勇敢に、この困難に向かおう
すべては君自身にかかっている

白い盲人杖の歌

都市の歩道で
せわしげな音で耳の鼓膜を打つのは誰?
それは一群の子供たちの疑問……
あの、カッカッと響くのは何?
牧羊の杖? 犬を打つ棒? それとも指揮棒?
古い街区の老人たちの茶館で
せわしげな音で耳の鼓膜を打つのは誰?

それは一群の老人たちのためいき……
彼はまだ黒白が見分けられるのか？
まだ悲しみや喜びを感じられるのか？

故郷をおもう夜
せわしげな音で耳の鼓膜を打つのは誰？
それは心の深きところの叫び
さあ、起ちあがろう！
おまえのこの鍛え上げられた生命は
同胞の民に向かって疾駆し
ビンロウ樹のように誇り高く陽光を迎えるのだ

無人の廃墟で
せわしげな音で耳の鼓膜を打つのは誰？
それは自らの厳粛な誓い
白い盲人杖よ！
道に迷った子羊を導き給え
勢いに頼って人を欺くあの走狗を打つのを導き給え

私が原住民のかなしみと苦しみの楽章を指揮するのを導き給え

百歩蛇《ひゃっぽだ》は死んだ

百歩蛇は死んだ
大きな透明の薬瓶に容れられ
傍らには「壮陽補腎」の立て札が
遊郭の入り口を徘徊する男を引きつける

神話の中の百歩蛇も死んだ
その卵はかつて、パイワン族が信奉する祖先だった
いまや透明の大きな薬瓶に容れられて
都市の欲望を鼓舞する道具となった
男がその薬酒を飲みくだし
虚勢の勇ましさを高ぶらせ横丁に入っていくと
青い灯の戸口で彼を迎えるのは

なんと、百歩蛇の後裔
――ひとりのパイワン族の少女

訳注――「百歩蛇」は台湾パイワン族のトーテム的存在で、民族の守り神。噛まれると百歩歩く前に死んでしまうという。

許悔之

シュ・フイヂー／きょ　かいし／一九六六年生まれ

蚕の讃仏

わたしのブッダ、あなたが厳かに坐っておられ
静もる海、不動の山のようであられる時
わたしの耳に溢れるのはただ蟬の声
波のようにおしよせ、あなたを呼ぶわたしの声をかき消す
あなたを呼ぶ、わたしのブッダ
あなたにつき従い、説かれる法を聴いて四十年
とっくにわかってはいた、あなたには説くべき法が何もなく
わたしにもひとつとして得るべき法がないことを
あなたはあの舟、わたしを乗せて河を渡る

河を渡らないのなら、舟はどのように焼こうか
四十年このかた、あなたの匂いを嗅ぎ
あなたのすがたを眺め、捨て子のように育ちゆく法を見てきた
そしてあなた、わたしのブッダ、あなたは日ましに痩せ細り
あなたの骨が一瞬のうちに崩れ落ちるのを聞いた

わたしにも悦びがある、法の悦びではない
わたしは一匹の蚤、寛大に許されて
あなたの衣服の内、抱擁の中に生かされている
彼らはまだあなたの説法に耳を傾け
あるいは恥じ入ってさめざめと泣き
あるいは体得して歓喜の声をあげる
わたしには、わたしにはわかっている
あなたはもう何も説きえないことを

四十年このかた、わたしははじめて
悲しみのうちに畏れることなく
あなたを噛み、あなたの血を吸うだろう

わたしは法悦にひたる、この世界にただわたしだけ
あなたの宝の血を吸ったことがあるのは
わたしは法の悲しみに襲われる、なぜならわたしが吸うのは
この世界の最後の一滴の涙

空にカラスの興奮した鳴き声が満ちる

わたしの菩薩が腰を曲げわたしの刃のような毒の唇に口づけする
わたしの菩薩が炭火が弾けるわたしの体をなでさする
わたしの菩薩はそよ風、カラス、獣のように疾走する雲
わたしの菩薩はわたしの厄運を目撃したがために
手に触れることのできる身へ化肉する

山林が死にたくなるほどの歓びのさなか、絶望の呻き声をあげ
空にカラスの興奮した鳴き声が満ちる

荒れ果てた肉体

わたしの首がまだ麗しいうちに
切り落とそう、手に提げて
力をこめ、力をこめて打ち鳴らす

腐り蛆が湧くのは耐えられない
わたしの荒れ果てた肉体はこの世の
忘れられた、仏法を受ける器

白蛇が言う

脱皮の時は
わたしに巻きついて

あなたの痛みを感じさせておくれ
痛みとともに襲う狂おしい悦楽
骨が消えたようなこの柔らかさ

愛、それは入っていくことだけではない
わたしは唾液を
あなたの全身に塗る
この神聖な夜に
わたしが吐き出した唾液が
あなたの新しい耀《かがよ》う透明な衣となるだろう

小青、それからわたしたちは山へ戻り
山で愛と欲の修業にはげむ
あの見つめ合うため息
触れ合う歓び
法海にはお経を唱えさせ
憶病な許仙は永えに雷峰塔の下に鎮めて

訳注――中国の民話「白蛇伝」では、白蛇が報恩のために人間に変身して許仙の妻になる。法海はその白蛇を調伏し雷峰塔の下に閉じ込める高僧。小青は白蛇を助勢する女中。

紫ウサギ

白い雪原に
紫ウサギが一匹躍り出て
瞬く間に
ざわざわとウマゴヤシが生い茂る

この冬
われらは銀河を裁ち切り布にしたてる
いちばん明るいあのシリウスは
残して、百年ののち
副葬品のカフスボタンとしよう

ああ紫ウサギよ紫ウサギ
狡きものそのウサギ
一糸もまとわぬままに

哀願する者

きみの指の爪を哀願する
きみの髪を哀願する
きみの月経を哀願する
きみの乳首を哀願する

空の下、オレンジ色の雨を哀願する
きみを哀願し、離れる時にふりかえり
魂を哀願する、もしふたりがそれを持ちあわせているのなら

老いる

きみの海底都市には
七色のサンゴが千里のかなたまで続き
クラゲはまばゆい蛍の光をまき散らし
生き物たちは朝な夕なきみのために合唱し
鯨の群れが周囲をゆったりと巡回する
これらもろもろに移り変わりはなく
時間は凍りついた波の光のように
静止したまま

わたしは老いを迎えた
死後はどうか
わたしを花の肥料にして
きみの寝室の窓の外に咲く白いバラの養分にしておくれ

群れをなして踊る女の子のような
人を傷つける心をまだもたない純真な妖女のような

時間は静止したまま
わたしはこのようにしてすでに、老いを迎えた
どうかわたしの
ささやかな願いをかなえておくれ

胸

きみの肩はあたたかかも
幼い豹が駆け回る時のしなやかさ、おののき
きみの下腹部は鹿のようになめらか
きみの手、細長いその手はきびきびとすばしこく
金絲猴《きんしこう》の両腕のように優雅
きみの肌は玉のかがやき

月の光を絹にしっとりと浸したよう
わたしはきみの
せつなくも優しい胸に寄りかかり
きみを祝福する
その後はもう感傷にひたらない

香り

一枝の花を手に
きみはわたしの部屋を訪れ
立ち去った

残されたのはただ
淡い香り
いまこの時なおも散りがたく

ああ果てしない幸福
間断のない地獄

顔艾琳

イエン・アイリン／がん　がいりん／一九六八年生まれ

死に赴く礼

死はこんなにもわたしを愛している。
毎日わたしの意志をさぐりにやってくる。
口づけさえも惜しみなくわたしの額に、
鼻から吐く息に、
わたしの唇に、
わたしの肌に、
わたしの髪に、
そして心に。
（あのお方のわたしへの深い寵愛に

誰もかかりあうことはできない）

毎日
あのお方は礼儀のひと滴たりともおろそかにせずに
一分一秒ごとにわたしを連れて行く　ゆっくりとやさしく。
もう間に合わない
あのお方をお止めするのは。
わたしを止めるのは。

二〇〇〇年一月四日

詩人

名もなく黙々とすごすはずもないことはわかっている。
他人がわたしの艶聞をあれこれ褒めそやす
わたしの作品を論じる時と同じようにしげしげと、歪曲して
そのこととは別に

歴史がとっくにもっと大きな誤解にもとづいて
わたしを色恋風流の辞典に書き入れている。

一冊本を出すたびに
もうひとつの墓碑が出来上がる。
わたしを嫉妬する文人どもは
わたしを悪魔呼ばわり
読者の目にはわたしは偶像。

年若いこのわたしが
すでにして生きている
神。

中年前期

わたしの体を盗み去る者はいない

わたしにはわかっている　彼らは盗み見ているのだ
わたしの体を盗み去ることはできない
時間がわたしをさいなんでいる

わたしの体を盗み去る者はいない
彼らには死神のような勇気がないから

わたしの体を歩く者はいない
通り過ぎれば　生命の秘密を知る

わたしの体はひとすじの路
神秘から出立し
永遠に死を経なければならない
ただ
絶えず死を経ることによってのみ
その路は立ち現れる

二〇〇〇年九月十八日

かなた

一キロ以内にはない駅
まだ行ったことのない異郷の地
赤ん坊がたくさん生まれるそうな

列車が通過するたびに
赤ん坊の泣き声が
曲がりくねった路地を通り抜けて
わたしの耳へとどく

ある日、
あの赤ん坊たちの両親の
疲れてはいても慈愛に満ちた笑顔に
会いに行くことになるのかもしれない。

それから小さな駅に足を踏み入れ
穏やかな南方へ出かけ
わたしの赤ん坊を生む。

瓶の中のリンゴ

いったい誰がリンゴを
わたしの体に植えたの？
毎月毎月、
果実を熟れさせて
子宮の中に重く落ちかかる、
そしてわたしはもたれとめまいに襲われ
まるでほどなく何かが起きるような。

いったい誰がわたしに鋭い
生理の天秤をさずけてくれたの？

そのリンゴは熟して腐り
どろどろの果汁となり、
しかも怒りとともに、急速に
落ちてゆき
わたしの体を離れる。

わたしの天秤、感じるのは
ひとつの小さな宇宙、
その死。
それから　何もない無が回復する。

そのリンゴはわずかに一粒の種を残すだけ、
整った涙の玉のかたちをして
わたしの密かな花瓶の、
中に懸かっている。

二〇〇〇年五月二十四日

わたしとあの人との間の密告してはいけないこと

あの人はこっそりとやって来て、
わたしの体を開き、
いちばん珍しい宝物を盗んだばかりか、
厚かましくも一切を共に楽しもうなどとわたしを招く。

あの人にはこれ以上ないほど大きな秘密がある。
唇があるのに
何も言わない。
わたしの声帯を借りて伝えたいのだろうけど、
わたしには彼の奥深い意味を探る手だてがない、
ただ吐き気にむかついてわけのわからない単語を吐き出すだけだ。

あの人は穏やかそのもの、

あからさまにわたしの体を盗み、
それで絶え間なく成長し続ける。
わたしの血を啜り
わたしの体内の波音を盗み聞く、
だが、
ひとことも言わない。
わたしを批評しない。

あの人は微小な存在だけどやがて巨大になる、
たえず巨大になり、
こっそりとわたしの時間をすりかえ、
遠く離れ去った幼ない頃の
わたしを追いかけ、
そして今のわたしにたどりつく。
かれは慎みを知らずに
急速に成長し続ける……

あの人は二十九年前のわたし。

そして今、わたしはあの人を身ごもる。
ほんとうはあの人は別の宇宙からやって来て、
わたしの一部分となった。
けっして密告してはいけない
奇跡。

著者略歴

陳秀喜 チェン・シウシー

一九二一年新竹市に生まれる。新竹女子公学校卒業、新興国民学校日語講習所講師をつとめる。九一年死去、享年七十一歳。早くから文章に親しみ、才気煥発、十五歳の時、日本語で詩、短歌、俳句を作る。中年になって中国語を学んだため、修辞上いささか不足の嫌いはあるが、その詩質の美しさを妨げるものではなく、「質が文に勝る」タイプに属する。六七年笠詩社に参加、七一年から死去するまで笠詩社社長をつとめる。台湾俳句社、台北短歌研究会同人、台湾ペンクラブ会員。『陳秀喜詩集』（李魁賢主編、新竹市立文化センター出版）計十冊、内訳は『詩集』（上下）、『訳詩集』、『文集』、『歌集』、『書信集』、『外国語訳詩集』、『評論集』など。作品は英語、日本語に訳されている。

陳千武 チェン・チエンウ

本名、陳武雄、一九二二年五月一日生まれ。日本陸軍特別志願兵で東チモール戦線に派遣され、戦後一年経って台湾に帰る。林務局と台中市政府で四十一年の公務員生活。定年退職後台湾ペンクラブ、児童文学協会などの会長として活躍。「笠詩誌」創刊に参与。台湾文化学院栄誉文学博士。呉濁流文学賞、国家文芸翻訳功労賞、日本地球詩人賞などを受賞。著書として、詩集『密林詩抄』、『媽祖の纏足』、小説集『猟女犯』、評論集『台湾新詩論集』など多数。

杜潘芳格 ドゥ・パン・ファンゴー

新竹県新埔鎮出身、一九二七年生まれ。新竹女子中学、台北女子高等学院卒業。自由に執筆生活をおくる。キリスト教徒。客家《ハッカ》語での詩作を試みる。九二年、第一回陳秀喜賞を受賞。詩集に『誕生日を祝う』、『淮山完海』、『朝晴れ』、『遠千湖』、『青鳳蘭波』、『芙蓉花の季節』、『救済の層』、『フォルモサ少女日記』。現在、台湾文芸、女鯨詩社社長。

余光中 ユ・グアンチョン
福建省永春出身。一九五二年台湾大学外文系卒業。五九年米国アイオワ大学文芸学修士。台湾師範大学、政治大学の外文系教授、学部主任を経て、七四年から八五年まで香港中文大学中文系教授。八五年から九一年まで高雄中山大学文学院院長、ならびに外文研究所所長。現在、高雄中山大学の光華講座教授。フルブライト教授として米国の大学で四年間（六四—六六、六九—七一）教える。台湾ではすでに著書五十冊を出版、その内詩集二十一冊、散文集十一冊、評論集五冊、翻訳十三冊を数える。この十数年で、大陸各省の市で出版された専門書、及び選集は二十冊を越える。余光中関連の評論専門書に、『余光中伝』（二〇〇〇）、『余光中百首』（八八）、『恒久と対峙する』（九八）と『結網と詩風』（九九）、『火浴の鳳凰——余光中作品評論集、一九五二—七九』、『五采筆——余光中作品評論集、七九—九三』、『自足の宇宙——余光中詩題材研究』（九八）。余光中の詩文は「郷愁」、「郷愁四韻」、「雨のなかで待てば」、「あの冷たい雨を聴いてごらん」、「私の四つの仮想敵」等のように中台両岸の学校教科書で広く採用されている。翻訳書に『真面目が肝心』、『ウィンダミア卿夫人の扇』、『理想の夫』などのオスカー・ワイルドの劇作品があり、過去、香港や台湾で多く演じられている。

洛夫 ルオ・フ
詩人、散文家、書法家。一九二八年湖南省衡陽に生まれる。東呉大学外文系で教えたあと、現在、中国華僑大学客員教授。五四年『創世紀』詩刊を創刊し、総編集人として数十年歴任し、その作品は英、仏、日、韓、オランダ、スウェーデン語に訳されており、『中国当代十大詩人選集』等のアンソロジーにも入れられている。詩集として『時間の傷』等二十八冊、散文集に『ひとひらの午後の蓮』等六冊、評論集『詩人の鏡』等五冊、訳書に『ヴィクトル・ユゴー伝』等八冊がある。詩集『石室の死亡』は名作として広く詩壇で重視されている。英訳詩集が九四年に米国のタオラン出版社より出ている。呉三連文芸賞、国家文芸賞等を受賞。九九年詩集『魔歌』が台湾文学経典のひとつとして選ばれた。洛夫の研究書として、『詩魔の変貌——洛夫詩作評論集』、『洛夫と中国現代詩』、『一代の詩魔洛夫』等がある。その初期は超現実主義の詩人として、表現手法が神秘的かつ幻想的であったので、詩壇では「詩魔」と称賛を込めて呼ばれている。

羅門 ルオ・メン
藍星詩社社長、世界華文詩人協会会長、国家文芸賞審査委員を歴任。中国時報推薦詩賞、中山文芸賞等を受賞。

詩集十三冊、論文集五冊、羅門創作大系の書十冊、羅門と蓉子のシリーズ八冊が出版されている。英、仏、独、スウェーデン、ユーゴスラビア、ルーマニア、日本、韓国語に翻訳された各アンソロジーや、『中国当代十大詩人選集』等にその作品が入れられ、その数は百冊近くにのぼる。その作品は内外の著名な学者によって評価され、羅門作品を評論した書が六冊出版されている。

商禽 シャン・チン

本名、羅燕。一九三〇年四川省生まれ。四五年兵役に就き六八年退役。六九年米国に招かれ、アイオワ大学国際創作プログラムに参加。七一年台湾に帰国し、出版社の編集者、牛肉麵の販売等に従事。五五年より、羅馬の筆名で『現代詩』詩刊に詩作品の発表を始め、現代派に参加。五九年より『創世紀』詩刊に作品を発表し、商禽を筆名にする。詩集『夢あるいは黎明』(六九)、『足による思想』(八八)、『夢あるいは黎明及其他』(八八)、『商禽世紀詩選』(二〇〇〇)を出版。スウェーデン語版、英語版各一種の詩集がともに『冷蔵した松明』というタイトル、N. G. D. Malmqvist 訳で出ている。フランス語版 *L'oiseau Triste*(『哀愁の鳥』)が九二年にパリで出版さる。第四詩集を将来、木版によって出版する希望をもっている。

瘂弦 ヤー・シエン

本名王慶麟、一九三二年生まれ、河南省南陽出身、アメリカ・ウィスコンシン大学東アジア研究所修士。静宜大学教授、聯合報副刊主編を歴任。現在、『創世紀』詩刊発行人、カナダ・バンクーバーに居留して、執筆に専念。藍星詩賞、喜望峰詩賞を受賞、作品は各国語に訳される。瘂弦は詩の開拓者として聞こえ、一代の大家と認められている。最近二十年は、新詩に関する論述を多くものしている。主要著作に『瘂弦詩集』、『塩』(英文詩集)及び評論集『中国新詩研究』など。瘂弦はかつて詩と文学の伝播、出版に全力を投入し、文学編集の意義と厳粛な尊さを大いに高めた。その営みは使命感に燃え、知恵にも恵まれたものであった。

鄭愁予 ヂョン・チョウユ

本名鄭文韜、原籍は河北省寧河県、一九三三年山東省済南に生まれる。少年時代を北京、長江の南北および台湾で過ごし、新竹中学、台湾中興大学を卒業。六八年アイオワ大学「国際創作プログラム」に招かれ、七〇年アイオワ大学英文科の創作クラスに学び、修士号を取得。主な詩集に『夢の地に』、『衣鉢』、『窓外の女官』、『鄭愁予詩選集』、『鄭愁予詩集Ⅰ』、『燕人行』、『雪の可能』、『花を植える刹那』、『刺繍の歌』、『寂しき人が坐って花を見る』など十四種。『鄭愁予詩集I』は〃台湾三十年に影響を与えた三十冊の本〃の一冊に選ばれ、八〇年代に行われた〃最も歓迎される作家〃の選出では何度も一位にランクされた。青年文学賞（六六）、中山文学賞（六七）、中国時報「新詩推薦賞」（八七）、および国家文芸賞（九五）を受賞。作品は八種の欧文、アジア言語に訳されている。現在、詩歌創作と芸術評論にたずさわるとともに、エール大学東アジア言語文学系で教鞭を執る。

白萩　バイ・チウ
本名、何錦栄。一九三七年六月八日台湾台中市生まれ。五三年から新詩に触れはじめ、五五年中国文芸協会第一回新詩賞。九五年栄後湾詩賞。九六年呉三連文学賞。藍星詩社主幹を経て、「現代派」同人、『創世紀』詩刊編集委員、『笠』詩刊発起人。『笠』詩刊編集主幹を四度歴任。現在、アジアの国際詩刊『亜州現代詩集』の編集執行委員。その作品は広く各国語に訳され、国際的にも誉れ高い台湾現代詩人である。現在台湾現代詩人協会理事長。詩集に『蛾之死』、『風の薔薇』、『天空象徴』、『白萩詩選』、『香頌』、『詩の広場』、『風が吹くと、樹の存在を感じる』、『自愛』、『観測意象』がある。詩評論集に『現代詩散論』。

李魁賢　リー・クイシエン
一九三七年生まれ、十七歳から詩を発表し始め、六三年第一詩集を出版。八七年北影一による日訳詩集『楓の葉』（アカデミー書房）を出版。その後評論（『台湾詩人作品論』）や翻訳（リルケ作品の翻訳がもっとも有名）に従事。九五～九六年台湾ペンクラブ会長。詩は英、日、韓、オランダ、ギリシャ、スペイン語等に訳される。栄後台湾詩賞（九七年）、国際詩人九七年最優秀詩人賞（九八）、頼和文学賞（〇一）、行政院文化賞（〇一）、インド・ミレニアム詩人賞（〇二）。『李魁賢詩集』六巻（〇一）、『李魁賢文集』十余巻（〇二）。

張香華　ヂャン・シアンホア
一九三九年、香港に生まれ、台湾で育つ。著書は台湾、中国大陸で詩、散文、翻訳書等二十余冊が出版され、英、独、日、韓、ユーゴスラビア、ルーマニア、ポーランド語などに翻訳され十二冊が出ている。その他、中国、英、日本語で朗読されたテープ、ビデオ、CD、VCDなどもある。国際的な文学会議にもよく参加し、講演でも活躍している。サンフランシスコ国際桂冠詩人協会から桂冠の栄誉を受く。九三年より現在まで、台湾のPBS放送でのラジオ番組「詩のささやき」を担当。九七年中国文芸協会の文芸放送賞受賞。同年ルーマニアのバナトゥル大学名誉教授となる。二〇〇〇年中央文化工作会五四文学交流賞受賞、同年ユーゴスラビアから傑出文化貢献賞受賞。

楊牧 ヤン・ムー

一九四〇年台湾花蓮生まれ。花蓮中学卒業後、台湾のキリスト教系の東海大学に入学し、外国文学を専攻。その後米国に留学し、アイオワ大学で芸術学修士。カリフォルニア大学バークリー校で比較文学博士。マサチューセッツ大学、台湾大学、香港科技大学、プリンストン大学、及び東華大学で教える。現在、米国シアトルのワシントン大学比較文学教授。詩集十二冊が出版されており、その芸術スタイルはしばしば変貌し、探求の方向はあらゆる所に向けられ、その主題への洞察は深く本質を衝いている。最新の詩集に『涉事』があり、現在の楊牧の意向とその企てを見ることができる。その他、散文集、批評理論、演劇論等四十冊あまりの著書がある。またW・B・イェーツ、ガルシア・ロルカ、シェークスピア等の中国語への翻訳書もあり、広く読まれている。

席慕蓉 シー・ムーロン

一九四三年四川省生まれ。原籍は蒙古のチャハル盟明安旗。台北師範芸術科、師範大学芸術系卒業後、欧州に留学し油絵を専攻。六六年首席でベルギーのブリュッセル王立芸術学院を卒業。国内外で個展を多く開き、ベルギー皇室金賞、ブリュッセル市政府金賞、欧州美術協銅賞、金鼎賞最優秀作詞及び中興文芸褒章新詩賞等を受賞。国立新竹師範学院教授として長く勤めたあと、現在専業画家であり、世界蒙古連盟副主席、白鷺文教基金会理事。詩集、散文集、画集として三十余冊があり、広く内外の読者を得ている。

張錯 ジャン・ツオ

本名張振翶、一九四三年生まれ、原籍は惠陽の出身、政治大学西洋語系卒業。アメリカ・ブリンガムヤング大学英文系修士、ワシントン大学（シアトル）比較文学博士、現在、南カリフォルニア大学比較文学系教授兼東南アジア系主任。著作は詩、散文、文学評論にわたり三十余種、そのうち詩集は十二種。近著に詩集『張錯詩選』、『流浪する地図』、散文『ビワの消息』、文学批評『批評に会う』など。

李敏勇 リー・ミンヨン

一九四七年生まれ、台湾屏東出身。大学で歴史を学び、文学に志し、実業界で働く。六九年、詩と散文の最初の著作を出版。『笠詩刊』主編、台湾文芸社長、台湾ペンクラブ会長をつとめる。台湾の国家再建と社会改造運動に積極的に参加。著作は、詩集『鎮魂歌』、『野性の思考』、『戒厳風景』、及び『傾斜する島』、文学随筆論集『ひとりの台湾作家として』、『戦後台湾文学省察』、詩論集『詩情と思想』、『紙の上の光』、『言葉のバラを咲かせる』など、ほかに社会批評、小説集、編選文集など、合わせて二十余冊。李敏勇の詩は少しではあるが、英、日、韓、独、セルビア、ルーマニアの各国語に訳されている。在野の性格をもつ李敏勇はかつて呉濁流新詩賞、巫永福評論賞及び頼和文学賞を受賞、台湾のある種の文学精神を反映した。彼は、詩人は創作にあたって芸術的、社会的な責任を果たすべきであり、感情の歴史を具え、商業及び政治の公害を拒絶し、真摯に自らの声で歌うべきであるとの観点を堅持している。

蘇紹連　ス・シャオレン

一九四九年、台湾、台中出身。一九六八年、後浪詩社（詩人季刊社）を創立。七一年に龍族詩社、九二年に台湾詩学季刊社に加入。九八年、ホームページ「現代詩の島嶼」(http:// residence. educities. edu. tw/purism)、二〇〇〇年に「flash 超文学」(http://residence. educities. edu. tw/poem) をそれぞれ開設。中国時報文学賞詩部門第一位、聯合報文学賞詩部門第一位を獲得。詩集に『茫茫集』、『河悲』、『童話遊行』、『驚心散文集』、『双子の月』、『隠れた形、或いは変化した形』、『老木を横切って』、『白馬を牽いて』、『台湾の村の子供』等がある。

白霊　バイ・リン

本名、荘祖煌。一九五一年、台北の万華生まれ。現在は国立台北科技大学副教授。その作品は、中国時報叙事詩部門第一位、梁實秋文学賞散文部門第一位、中華日報文学賞散文部門第二位、中央日報百万公募賞新詩部門第二位、中国文芸褒賞、中興文芸褒賞、創世紀詩創作賞、中山文芸賞、国家文芸賞等を受賞。『詩の声光』発起人。『草根』、『台湾詩学』等の詩刊の編集主幹としてだけでなく、編者としても『中華現代文学体系・詩巻』、『愛《いと》しき小詩選』、『新詩二十家』、『八十四年詩選』、『八十八年詩選』等に関わる。詩集に『後裔』、『大黄河』、『雲には国境が要らない』、『妖怪の真実』、『愛と死の間隙』、『五行詩』等、散文集に『夢に梯子を』、『白霊散文集』、詩論集『一編の詩の誕生』、『一編の詩の誘惑』、『狼煙と噴水』等がある。

陳義芝　チェン・イーヂー

一九五三年台湾花蓮に生まれる。高雄師範大学国文博士候補者。七〇年代初期に詩作を始め、友人と詩社を起こし、『詩人季刊』を出版。現在、聯合報副刊主任、中華民国ペンクラブ理事、台湾文学協会常務理事、また大学の現代文学課程で教鞭を執る。「伝統的な倫理文化」意識を具えた当代詩人として台湾の詩壇に認められ、そのイマジネーションと観照は当代の国際的視野に満ち、その詩意と精神には長い歴史の記憶が盛られている。詩集に『青いシャツ』、『新婚の別れ』、『忘れえぬ彼方』、『不安な居住』、『神秘の花蓮』など多数、中山文芸賞、詩歌芸術創作賞を受賞、広く注目される。

陳黎 チェン・リー

本名陳膺文、一九五四年花蓮に生まれる。台湾師範大学英語系卒業。著作は詩集、散文集、評論集など二十種を越え、加えてネルーダ、パス、ヒーニー、シンボルスカなど多くの外国詩人の作品を中国語に訳す。「当代の中国語詩の世界でもっとも創造性に富み衝撃的な詩人のひとり」と目されている。彼の作品は一方では台湾の変質を導いた歴史的変遷を検証するとともに、もう一方では詩人の旺盛な実験精神を表現している。彼の詩は台湾の文化的アイデンティティーのほろ苦い探究のプロセスを浮き彫りにするとともに、さらに大切なことは、それが個人と政治、芸術至上のアヴァンギャルドと良心的文学との適切な結合のために感動を与える実証を提示した点である。彼は故郷のある中等学校の英語教師をつとめるかたわら、当地の大学で現代詩と創作課程を教授している。

羅智成 ルオ・ヂーチョン

一九五五年台北に生まれる。台湾大学哲学系卒業。アメリカ・ウィスコンシン大学（マディソン）東アジア系修士。同博士課程に学ぶ。詩人、メディア・プランナー及び多面的な創作にたずさわる。新聞社の副総編集長、文化事業責任者、放送局局長、旅行雑誌創刊者、発行人などを歴任。現在、出版社の発行人、インターネット会社主管、台北市政府市政顧問をつとめ、また元智大学中文系で教鞭をとる。作品に詩集『画集』（七五）、『光の書』（七九）、『傾斜の書』、『地に投げ打ち音なき書』、『宝の書』、『黒色金縁』など、散文集『M湖書簡』、『亜熱帯習作』、『泥炭紀』、『文明事始』、旅行記『南方以南、砂中の砂』、『上海備忘録』など。数々の賞を受賞し、香港の中英劇団による改編で二度、香港芸術祭で上演される。『聯合文学』は破格のあつかいで、八七、九九年、「分類不可能な創作者」特集を組み、あわせて『羅智成作品集』シリーズを出版した。

向陽 シアン・ヤン

本名林淇瀁、台湾南投出身。一九五五年五月七日生まれ。

中国文化大学東方語文学系日本語科卒業、米国アイオワ大学「国際創作プログラム」招待作家、中国文化大学新聞研究所修士、国立政治大学新聞系博士候補者。『自立晩報』副刊主編、『自立早晩』総編集者、『自立晩報』総主筆を経て現在『自立晩報』副社長兼総主筆、「呉三連台湾史料基金会」秘書長、輔仁大学新聞系、真理大学台湾文学系講師。呉濁流新詩賞、国家文芸賞等を受賞。詩集に、『向陽詩選』、『土地の歌』、『四季』、『十行集』、『歳月』がある。散文集に『暗黒のなかに流動する符号』があり、他に児童詩集、評論集多数。翻訳として、『タッくんの空中トンネル』（竜尾洋一著）、『象の鼻は長い』（まどみちお著）など多数

焦桐 ジャオ・トン

一九五六年高雄市に生まれ、大学一年の時に詩を書き始める。舞台劇「唐さんの古い布靴」の制作演出をする。著作に詩集『わらび草』、『吼える都市』、『不眠の唄』、『完全強壮レシピ』、散文『一匹の毛虫とのめぐり会い』、『最後の円舞場』、『世界の縁《ふち》で』、童話『カラスアゲハチョウ阿青の旅』、評論『台湾戦後初期の戯劇』、『台湾文学の街頭運動』等々十余種。英訳本に *A Passage to the City: Selected Poems of Jiao Tong* 及び *Erotic Recipes: A Complete Menu for Male Potency Enhancement* がある。

莫那能 モーナノン

一九五六年生まれ。台湾原住民パイワン族。弱視を患っていたが、やがて全盲となった。その作品は民族への熱愛に満ち、内外の学者の推奨を得ている。過去に米国アイオワ、日本にも招かれ訪問している。八九年には「関懐台湾基金会」からの文化援助を獲得。

許悔之 シュ・フイヂー

一九六六年生まれ、台湾桃園出身、国立台北工専化工科卒業、現在『聯合文学』副総編集長。詩集に『陽光の蜂の巣』、『家族』、『肉体』、『仏よ、わたしのために涙することなかれ』、『鯨となって海を渇望する』、『哀しみの鹿』、ほかに散文、童話など。英訳詩選集 *Book of Reincarnation* をアメリカ・カリフォルニアの SUN & MOON PRESS より出版。許悔之の詩は抒情の内に審美と哲理を鋳錬し、生の欲求と不満を探索し発掘する。台湾新世代の重要な詩人であり、海洋国家の文化的な混血を展開している。

顔艾琳 イエン・アイリン

女性、一九六八年秋、台南県に生まれる。輔仁大学歴史系卒業。著作に詩集『抽象的な地図』、『骨と皮と肉』、『万

物の名付け』、『陰の思想』（二〇〇二年出版）、散文『すでに』、『昼月の出る頃』、漫画評論『鼻の漫画』、童話詩集『空とお遊戯』など。大陸で簡体字版の詩選集『暗黒温泉』を出版。年度優秀詩人賞、文建会中部詩創作賞、台北文学賞散文創作賞などを受賞、出版文化界の仕事に従事して十余年、現在、聯経出版公司文学企画主編、また主要な創作班の講師をつとめる。

台湾現代詩略年表

上田　哲二

文学思潮の流れ	新聞、詩刊、詩選等	社会、政治
前史 **古典詩**（**漢詩の時代**） 1685　明の遺老、沈光文（1612～1686?）が季麟光等と今の嘉義市に詩社「東吟社」を創立。 その後、道光から光緒年間に詩社が隆盛。 1899　児玉源太郎（第四代台湾総督）の別邸、「南菜園」に籾山衣洲が居して、穆如詩社を創立。各地の人士が集う。 漢詩の詩社は台湾各地に四〇年代まで存続。		1661　鄭成功、台湾に拠す。 1662　明朝、滅ぶ。 1895　下関条約（馬関条約） 1919　中国で五四運動。
二〇年代 **台湾新文学運動** 在日留学生組織の啓発会（19）、新民会（20）、台湾青年会（21）が発足し、『台湾青年』（台湾文化協会）を創刊。その後機関紙『台湾』で、	『台湾民報』（23・4・15～30）で白話文が採用され、「曙光」詩専欄が掲載さる。 24・4『台湾』で謝春木が追風の筆名で、日本語の新詩「詩の模倣」を発表。	

黄呈聡と黄朝琴等が、中国白話運動の状況を紹介。 **白話詩運動** 楊華、黄石輝、黄得時、沈玉光、謝万安、張我軍、黄朝琴、頼和、追風、王白淵、施文杞、江肖梅、啓文、梨生、虚谷、楊守愚、徐玉書、朱点人、郭水潭、呉新栄、徐清吉、巫永福、張文環、蘇維熊、魏上春、黄坡堂、劉捷。	三〇年代 31　第一次郷土文学論争。郷土派で台湾語支持の黄石輝、郭秋生。白話文支持の毓文、林克夫。 **民族意識の高揚** **地方文学**　塩分地帯文学の詩人達（台南、佳里、北門一帯）が活動。 33　「佳里青風会」呉新栄、王登山、郭水潭、林芳年、徐清吉。台湾文芸聯盟佳里支部。 三〇年代から四〇年代にかけて風車詩社の西洋モダニズム詩受容など、多元的発展。 台湾芸術研究会、台湾文芸協会、台湾文芸聯盟
25　張我軍、台湾最初の白話の新詩詩集『乱都之恋』を北京で出版。	30　陳奇雲の詩集『熱流』。 31　王白淵の詩集『棘の道』。 『台湾文学』台湾文芸作家協会（東京　31・6・13）王詩琅、張維賢、周合源。 『フォルモサ』（32・7・15〜33・6・15）台湾芸術研究会。 『台湾文芸』（34・11・5〜36・8・28）台湾文芸聯盟。 34　楊熾昌の詩集『熱帯魚』、『樹蘭』。 35　**第一次現代派**　風車詩社『風車詩刊』張良典（丘英二）、李張瑞（利野倉）、林永修（林修二）。
	中国大陸では、『現代』（32、施蟄存、杜衡、戴望舒主編）、『新詩』（36、戴望舒主編）、『現代詩風』（35、戴望舒主編）などが発刊。 37　盧溝橋事件

などの成立とともに、台湾詩壇として集団意識が形成した。 37 新聞、雑誌の中国語版が停止。皇民化運動、皇民文学が活発となる。	『台湾新文学』（37）楊逵 39・12 台湾詩人協会が『華麗島雑誌』を十二月に一期のみ出した。	
四〇年代 龍瑛宗、北原政吉、楊雲萍、黄得時、楊熾昌、郭水潭。 **二つの言語を跨いだ世代** （13年から29年頃に生まれた世代で、創作言語を日本語から中国語に換えて創作を継続した）巫永福、陳秀喜、呉濁流、林亨泰、錦連、桓夫（陳千武）、周伯陽、蕭翔文、許育誠等。	40・1・1 台湾文芸家協会（40・1～43）が『文芸台湾』を発刊。 42 同人誌『ふちぐさ』、後に『潮流』（47）銀鈴会（張彦勲、周伯陽、朱實、林亨泰等） 43 楊雲萍の詩集『山河』。 台湾文化協会（45・11）が『台湾文化』（45・10～49）を創刊 呉新栄、楊守愚、洪炎秋、劉慶瑞、黄得時、楊逵、呉濁流、鍾理和、蕭江梅が活躍。 『新生報』に歌雷主編『橋』副刊（47・8～49・8）。	44 紀弦が『詩領土』を発刊。 45・8・15 日本無条件降伏。辜振甫等、台湾独立を画策するが、日本の協力が得られず断念。 45・10 国民党軍、台湾に上陸。 45・10・25 台湾総督安藤利吉大将、投降文書へ署名。 47・2・28 二二八事件 49・5 戒厳令実施 49・12・7 国民党中央政府台湾へ移転。
五〇年代 **国民党の反共文芸政策** 50・3・1 張道藩が主任委員となって、中華文	『新詩周刊』（51・11・5～53・9・14）紀弦等。 『詩誌』（52・8）紀弦（一期のみ）	51・9 日本、サンフランシスコ講和条約に調印し、台

芸奨金委員会が成立し、文芸評論における反共反ソ意識の徹底を図る。 56・1・15　紀弦の「現代派」成立。いわゆる「六大信条」を宣言し、知性の強調、詩の純粋性の追求、ボードレール以降のあらゆる西洋詩の精神と技巧を学び移入することを目指す「横からの移植」を強調。加盟したもの八三名。（のちに百十五名） 三大詩社鼎立期 現代詩社　モダニズムの先鋒 紀弦、鄭愁予、方思、葉泥、白萩、青木、小英、季紅、楊允達 藍星詩社　自由創作路線 覃子豪、余光中、羅門、蓉子、夏菁、葉珊（楊牧）、周夢蝶、向明 創世紀詩社　軍出身者達から組織され強固な勢力を維持。張默、洛夫、瘂弦、商禽。	『現代詩』詩刊（53・2・1～64・2、82復刊） 『藍星』詩刊（54・6・17～58・8、61・6・15～62・11、74・12復刊） 『創世紀』詩刊（54・10・10～69・1、72・9復刊）	湾の領有権を放棄。 55　蔣介石「戦闘文芸」を提唱。反共文学、反共詩、戦闘詩が奨励される。 56・1・19　金門島砲戦
六〇年代 台湾経済のテイクオフ　都市化　西洋モダニズムの受容　郷土文学の生成期	『葡萄園』詩刊（62・7・15～） 『笠』詩刊（64・6・15～）	

現代派モダニズム詩人の活躍 楊牧、余光中、洛夫等。 『創世紀』詩刊が勢力を維持。 **郷土派、本省籍詩人群の台頭** 葡萄園詩社の文暁村、王在群等。 笠詩社の陳千武、白萩、杜国清、趙天儀、李魁賢、非馬、許達然、陳秀喜、杜潘芳格等。 **六〇年代中期　本土文学の視点** 『本省籍作家作品選集』(文壇社)十冊と『台湾青年文学叢書』(幼獅書店)二百人近い台湾本土作家の詩、小説、散文が網羅された。	七〇年代 **モダニズム批判、ルーツ探し、郷土意識** **現実生活の重視、自由と多元化の尊重。** 72〜73 **現代派への批判** 関傑明、唐文標、高準が批判論文を次々に発表し、現代派からも反論。 **青年詩社と郷土回帰** 青年詩人たちの詩社が多く生まれた。
66・10・10『文学季刊』創刊。 67・2『中国現代詩選』、張默、瘂弦編(創世紀詩社)	70・10『華麗島詩集』笠編輯委員會(若樹書房) 『龍族』詩刊(71・3・3〜76・5)辛牧、施善継、蕭蕭、陳芳明。 『暴風雨』詩刊(71・7〜73・7)沙穂、連水淼。 『主流』詩刊(71・7〜76・1)黄勁連、羊子僑、林南。 72『中国現代文学大系――詩一〜二輯』、(巨人出版社)
62・2・24 胡適死去。 63・10・10 覃子豪死去。 66 夏、中国で文化大革命が発生。	71・10・25 中国、国連に加盟。

一九七七年頃より社会性、民族性を包括する「歴史詩」、「叙事詩」、「方言詩」、「新聞詩」、などとよばれる分野が増加。郷土派、現実主義が主流となる。 詩社に属さない郷土詩人の呉晟の他、『詩潮』『掌門』『陽光小集』の詩人が活躍。	72 *Modern Verse from Taiwan*, Angela C. Y. Jung Palandri 編 (Universsity of California Press) 『大地』詩刊（72・9〜77・1）古添洪、李弦、王潤華。 『後浪』詩刊（72・9・28〜74・7・15）陳義芝、掌杉、許茂昌、莫渝。 『秋水』詩刊（74・1）古丁、涂静怡、緑蒂。 『草根』詩刊（75・5・4）羅青、李男、張香華、詹澈、邱豊松。 『詩潮』詩刊（77・5）丁穎、王津平、呉宏、李利国、高準。 『掌門』詩刊（79・1〜82・10）、楊子潤、鐘順文。 『陽光小集』詩刊（79・12、全十三期）向陽、苦苓、李昌憲、林広、林野。 79・2　『台湾現代詩集』北原政吉編（もぐら書房）	72・9　台湾、日本と断交。 75・4　蔣介石総統死去。 78・3　蔣経国、総統に選出。 79・1　台湾、米国と断交。 79・12・10　高雄（美麗島）事件。多数の民主運動家が逮捕される。
八〇年代 現実主義思潮、多元化、民主化	『脚印』詩刊（81・8・1）楊荘 82　『光復前台湾文学全集――九〜十二詩選篇』（遠景出版社）	84　春「中国意識」、「台湾意識」論戦はじまる。

八〇年代前期

多元的、政治志向、メディアの多様化、都市化の加速、フェミニズム文学。

『創世紀』、『笠』、『藍星』、『現代詩』、『大地』、『陽光小集』が活発に活動。

『陽光小集』（向陽、陳煌、張雪映、苦苓、張錯等）と『四度空間』（陳克華等）が伝統的新詩の優れた点と前衛思想の融合を目指し注目された。

郷土派

向陽、蔡忠修、陳坤崙、張雪映、廖莫白、謝武彰、宋澤萊、陳寧貴、蔡富澧、邱振瑞、白家華。

新世代の詩人

羅智成、趙零雨、鴻鴻、楊平、陳克華、楊澤、古月、簡政珍、李敏勇、趙衛民、游喚、沈志方、杜十三、陳義芝、楊澤、焦桐、黄智溶。

台語詩 向陽、林宗源、黄勁連、宋澤萊、林央敏、路寒袖等。

ポストモダン 夏宇、羅青、黄智溶、欧団円、林燿徳、鴻鴻、白霊、林群盛、陳克華、羅任玲、田運良。

都市詩 羅青、羅門、林燿徳。

『現代詩』詩刊が停刊してから二十年後の一九八二年に復刊。

82～90『亜州現代詩集一～六』、白萩、陳千武他編

『漢広』詩刊（82・3）路寒袖

『掌握』詩刊（82・3・29）何郡、黄能珍、方俊成。

『春風』詩刊（84・4）施善継、楊渡。

『伝説』詩刊（84・5・4）林正芳。

『鍾山』詩刊（84・6～十余期）鍾如雲。

86・7『台湾詩集』北影一編訳（土曜美術社）

『両岸』詩刊（86・12）苦苓。

『四度空間』詩刊（85・5）林婷、林美玲、陳克華。

『地平線』詩刊（85・9）

87・1 *The Isle Full of Noises : Modern Chinese Poetry from Taiwan*, Dominic Cheung（張錯）編訳（Columbia Univer-

蔣経国総統の晩年（86～87）に戒厳令解除、新聞言論出版の自由、集会結社の自由など、民主化政策がとられた。

86・9 民主進歩党(民進党)、結成。

87・7・15 午前零時、戒厳令の解除、正式に宣言。

88・1 報禁解除。

88・1・13 蔣経国総統死去。同日李登輝副総統、総統に

科技詩 鄭炯明、白霊、許悔之、江自得、陳晨、陳亮、田運良、汪啓疆、陳鴻森。 **生態詩** 莫渝、李魁賢、羅任玲、趙天儀、劉克襄、利玉芳、非馬。 **政治詩** 苦苓、詹澈、紀方生、楊渡、李敏勇、黄樹根、鄭炯明。 **女性詩人の活躍** 蓉子、張香華、林泠、涂静怡、鍾玲、夏宇、席慕蓉、萬志為、沈花末、顔艾琳、曾麗容、曾淑美、利玉芳、葉香、劉淑珍、葉翠苹、梁翠梅、楊笛、雪柔、馮青、方娥真、朱陵、斯人、王鎧珠、王麗華、張芳慈、洪淑苓。	sity Press) 『曼陀羅』詩刊（87・9）楊維晨。 89・5『続・台湾現代詩集』陳千武・北原政吉編（もぐら書房）	就任。
九〇年代 **多元化** 山水、郷愁、中国精神、郷土、都市、科幻（SF）、詠物、生態、政治、伝統詩情、異国情調、戦争、ポストモダン、時代意識、台語詩。 他のメディアとの連係。 陳義芝、陳黎、陳大為、杜十三、楊澤、侯吉諒、唐捐、焦桐、黄智溶、許悔之、瓦歴斯・諾幹、曾淑美、趙衛民、夏宇、簡政珍、顔艾琳等が活	『詩象』詩刊（91・6） 『海鷗』詩刊（91・8） 『蕃薯詩刊』詩刊（91・8・15） 『世界詩葉』詩刊（91・10・6） 『台湾詩学季刊』（92・12） 『中国』詩刊（93・1） 94・2 *Anthology of Modern Chinese Poetry*, Michelle Mi-Hsi Yeh 編 (Yale University Press)	

躍。

『植物園』詩刊（94・7）
『双子星』詩刊（95・6）
95・8『亞洲詩人作品集』陳千武、白萩、李魁賢編（笠詩刊社）
『詩世界』詩刊（95・8）

01・4 *Frontier Taiwan : Modern Chinese Literature from Taiwan*, Michelle Yeh, N. G. D. Malmqvist 編（Columbia University Press）

01・8『二十世紀台湾詩選』馬悦然、奚密、向陽 主編（麥田出版）

00・5・20 陳水扁、総統に就任。

＊本年表について

詩人の多くは、その生涯を通して作風も変貌し、多様な作品を発表している。本年表に挙げた詩社と個々の詩人との関係、文学思潮の流れはおおまかな見取り図であることを記す。

主要参考文献

下村作次郎『文学で読む台湾』田畑書店　１９９４
廖一瑾（雪蘭）『台湾詩史』文史哲出版社　１９９９
古継堂『台湾新詩発展史』文史哲出版社　１９８９
楊碧川編『台湾現代史年表』一橋出版社　１９９６
楊碧川編『台湾歴史辞典』前衛出版社　１９９７
張默『台湾現代詩編目』爾雅出版社　１９９２
張默『台湾現代詩概観』爾雅出版社　１９９７

あとがき

是永　駿

台湾現代詩は次の二点で興味深い存在である。ひとつは、一九五〇年代から七〇年代にかけて中国大陸の現代詩が窒息していた時期、台湾の現代詩はめざましい展開をみせ、ちょうど二十世紀中国詩史のミッシング・リンクを形成している点である。ふたつめに、台湾現代詩の達成がその時期、大陸のそれを凌駕し、さらに七〇年代末から八〇年代にかけて大陸に興る新詩潮の展開とも拮抗するに足る磁場を形成している点である。大陸の現代詩が窒息したのは、中国共産党支配下の社会主義国家建設という集団力学に文学が呑み込まれてしまったからである。歌いたい詩を歌うという当たり前のことが可能になるのは文化大革命の終息後、七八年末に北島（ペイタオ／ほくとう、一九四九〜）や芒克（マンクォ／ぼうこく、一九五〇〜）らが地下文芸雑誌『今天』に集い、厳しい言論統制の闇を切り裂いて現代詩を復活させてからのことである。一方、中国国民党支配下の台湾では、四九年から八七年まで戒厳令がしかれ、反共思想、反共文学が奨励されてきた。大陸と台湾とでは権力の統治思想はメダルの表裏のように相反したのであるが、文学は、言いかえれば人間の自由な想像力の発現は、同じように統制の対象とされたのである。想像力こそは人間の生きる糧であり力であり、文学はその想像力を炸裂させる場であるので、権力はその力を統治支配に活用できない場合は封じ込めようとする。その統制が、共産党政権下では「個」の意識を排除する方向性をとるのに対し、国民党政権下の反共的な統治思想は必ずしも「個」を排除する方向性をとらない。共産的な集団意識への嫌悪も手伝って、かえって「個」に執着する方向性が深まる可能性を秘めていた。そのパラドックスとしての可能性が台湾現代詩の隆盛をもたらしたと言える。

二十世紀文学の特色は個人の「個」、自我といったものを掘り下げ、人間探究の枠組みを大きく広げたことにある。その掘り下げがナルシシスムに終わってしまえば、自閉的な世界に沈むしかないが、自己とは異なる存在、異質なものとしての他者との出会いへと向かえば、新しい地平を切り開くことができる。四〇年代の延安に発する集団力学への従属という意味での文学の非個性化は、「解放区」という限定された空間では一定程度有効であったが、人民共和国樹立後にドグマと化してからは、詩においては否定的な作用の面が目立った。文化大革命終息までの約三十年の間、「個」を深める現代詩は大陸において窒息し、台湾では豊かな展開を見せた。

大陸での共産政権成立前、四七、八年に大陸から台湾へ移住した紀弦、覃子豪らの存在が台湾現代詩に新しい地平を開いたのち、抑圧的なイデオロギー状況の下での可能性に賭け、想像力をほとばしらせた詩人たちの営為が二〇世紀中国詩史に確固とした磁場を形成することになる。瘂弦の「深淵」（一一四頁）が書かれたのは一九五九年である。「ふたつの夜にはさまれた／青白い深淵の間」で「冷血な太陽が時折震えている」、その青白い深淵に我々は生きている。

ハレルヤ！　ぼくはまだ生きている。
働き、散歩し、悪党に敬意を表し、ほほ笑みそして朽ちはしない。
生きるために生き、雲を眺めるために雲を眺め、
面の皮を厚くして地球の一部を占拠する……
（「深淵」最終聯の一部）

「深淵」の詩想は、「きみは何者でもない」「(きみは) 立ち上がった屍の灰、未だ埋葬されていない死」なのだという徹底した自己否定を通して得られたものであり、この詩篇は、この世に生きることにともなう罪と苦

悩を肩に担い、それでもなお生き続けることへの讃歌として読むことが可能であろう。「ハレルヤ！　ぼくはまだ生きている」という、苦悩を突き抜けた先にほとばしるような詩句を当時五〇年代末の大陸中国に求めても得られないし、そもそもこのような詩句を歌うこと自体許されなかったであろう。商禽の散文詩「キリン」（九三頁）も一九五九年の作品であり、他の優れた散文詩とともに彼の第一詩集『夢あるいは黎明』（一九六九年）に収められた。大陸中国にはもちろん魯迅の散文詩集『野草』（一九二七年）があって今でも珠玉の輝きを放っているが、同時代中国にあっては、八〇年代後半から九〇年代にかけて優れた散文詩を書いた宋琳（スン・リン／そうりん、一九五九〜）や陳東東（チェン・ドンドン／ちんとうとう、一九六一〜）の出現を待たなければならない。鄭愁予の覇気に満ちた優艶な抒情と旅愁は「錯誤」（一二一頁）を収めた第一詩集『夢の地に』（一九五五年）においてすでにその詩境を極めている。五〇年代から六〇年代に輩出したこれら傑出した詩人たちの世代から今日まで、台湾の現代詩は自立した固有の展開を遂げており、大陸の現代詩の傍系、あるいは「参照系」と見ることはけっしてできない。

「中国現代詩」という場合の「中国」は今日、大陸、台湾、そして海外の三つの区域から成り立っており、それぞれの地域に居住する詩人たちが独自に活動している。これからは中国現代詩の全体的状況を見るにはこの三地域を鳥瞰するような視点を持つ必要がある。この詩集に収められた詩人の大多数は台湾に居住する詩人たちであるが、中には、大陸から台湾へ、台湾からまたアメリカへと移住した詩人もいれば、台湾に生まれてアメリカへ移住した詩人もいる。八九年の「六・四」事件前後に大陸の詩人、作家の海外移住が相次いだが、台湾からの移住はずいぶん早くから行われ、いわゆる「エミグラント」文学の先駆けとなってきた。二十一世紀はさらに三区域の交流が進み、現在の人為的に分離された「国境」にとらわれない新たな次元での展開が見られることであろう。

本詩集の編集は主に林水福教授があたり是永が共編として補佐した。翻訳者の上田哲二氏と是永の分担は「凡例」に示したとおりである。翻訳は誤りのなきよう努めたつもりであるが、もしお気づきの点があればご指摘願いたい。翻訳上の問題としてひとつだけ、「俳句」「短歌」と銘打って作詩された中国詩の処理について触れておきたい。瘂弦に「短歌集」（二一二頁）、陳黎に「小宇宙――現代俳句集」（二八一頁）と銘打った作品があり、瘂弦の場合は二～四行詩、陳黎は三行詩である。本来ならば、それらを短歌、俳句に作り変えるべきであろうが、訳者の能力の限界以外にも、とりわけ「俳句」の場合、中国詩の三行詩のもつ意味の負荷は日本語の五七五の音数律に納まりきれない点があるため、そのまま自由詩として訳出してある。一例をあげれば、「小宇宙――現代俳句集」の五、砲丸投げの世界記録保持者を歌った詩を俳句にしようとしても、すべての意味要素を拾うことは難しく、この詩の主眼を抽出して「そっ首を砲丸として投擲す」ぐらいにしかできないのである。この点についてもご教示賜われば幸いである。

本書が成るにあたっては、台湾文学協会秘書の洪仲敏さんに資料の整備等でお力添えをいただいた。また、国書刊行会編集部の島田和俊氏は、期間を限られた困難な編集工程にもかかわらず、終始温かく見守って下さり、訳稿についても懇切かつ率直なご指摘をいただいた。深く感謝する次第である。

二〇〇一年十一月

編訳者略歴

林水福(リン・シュイフゥ、りん　すいふく)

1953年生まれ。日本国立東北大学文学博士。台湾文学協会理事長、国立高雄第一科技大学日文系教授兼外語学院院長。著書に『讃岐典侍日記研究』、『日本現代文学探索』など、主な訳書に遠藤周作の作品『沈黙』、『侍』、『深い河』などがある。

是永駿(これなが　しゅん)

1943年、福岡県生まれ。大阪外国語大学中国語学科卒業、同大学院修士課程修了。現在、大阪外国語大学地域文化学科教授。中国現代文学専攻。主な訳書に『北島詩集』、『芒克詩集』、『戈麦詩集』、『現代中国詩集』(共編)などがある。

上田哲二(うえだ　てつじ)

1954年、大阪府生まれ。ワシントン大学(シアトル)大学院修士課程修了。現在、大阪大学大学院博士後期課程。論文に「台湾現代詩の七十年代─唐文標と楊牧─」(大阪大学『言語文化学』Vol.10)など。

台湾現代詩集《たいわんげんだいししゅう》

2002年1月25日初版第1刷発行

編者　林水福　是永駿
訳者　是永駿　上田哲二
発行者　佐藤今朝夫
発行所　株式会社 国書刊行会
〒174-0056 東京都板橋区志村1-13-15
電話 03-5970-7421　ファクシミリ 03-5970-7427
http://www.kokusho.co.jp
印刷所　サン巧芸社　株式会社エーヴィスシステムズ
製本所　有限会社青木製本

This book is published in collaboration with
the Council for Cultural Affairs, TAIWAN R.O.C..

ISBN4-336-04387-6

新しい台湾の文学

藤井省三・山口守・黄英哲編

迷いの園

李昂／藤井省三監修・櫻庭ゆみ子訳

台湾の旧家で育った女性を主人公に、その激しい恋の行方と昔日の父の思い出が、戦後台湾の歩みに重ね合わされて綴られていく。映像的な語りが魅力の長篇小説。　2800円

台北ストーリー

山口守編

張系国「ノクターン」、張大春「将軍の記念碑」、朱天文「エデンはもはや」、黄凡「総統の自動販売機」など、現代台湾を代表する中短篇を収録した都市の文学のアンソロジー。2000円

古都

朱天心／清水賢一郎訳

川端康成の名作をもとに、京都を訪れた１人の台湾人女性の心の中で、異国の古都と日本占領下の台北とが結び付き、そこに映しだされる魂の遍歴を描いた物語。　2400円

鹿港からきた男

山口守編

黄春明、王禎和、宋沢莱、王拓。70年代の郷土文学全盛期に本格的活動を始め、確かなリアリズム的手法が高く評価されている４人の作家の代表作を収めたアンソロジー。2400円

ヴィクトリア倶楽部

施叔青／藤井省三訳

世紀末の植民地都市香港を舞台に、繁栄と腐敗、希望と欲望、歴史と未来とが交錯する現実と、その渦に呑み込まれていく人々とを描いた長篇。　次回配本

客家小説集

黄英哲編

故国を離れてもその独特の習俗・言語を守り続けて生きる民族集団「客家」。鍾理和の「貧民夫妻」をはじめ、客家における女性たちに焦点をあてた異色の短篇小説９篇。

自伝の小説

李昂／藤井省三訳

台湾共産党創設者である実在の女性を主人公に、上海・モスクワ・台北などを舞台として、男の支配に抗して生きる女たちの波瀾の生涯を描く。フェミニズム文学の傑作。

孽子(罪の子)

白先勇／陳正醍訳

近代中国文学から排除されてきた同性愛というテーマをもとに、現代の台湾人の心に潜む精神的孤独を描き出した台湾モダニズム文学の傑作。

（税別価）